Ballade vom Tag, der nicht vorüber ist

Einmal, wenn die Pole abgeschmolzen sind, werde ich im Boot über die Stadt fahren und sagen: Da unten der Wasserturm, die Brücke, das Dach unseres Hauses.

Und einmal war ich an diesem Tag in einem Ort, der heißt Tipperary, wie in dem Schlager *It's a long way to Tipperary.* Und nachdem ich weitergefahren war, merkte ich, daß ich den Zimmerschlüssel mitgenommen hatte. Das Hotel hieß Royal Hotel, der Name war auf dem Schlüsselanhänger eingraviert, deshalb weiß ich es noch, denn ich habe den Schlüssel aufgehoben; aber es hatte gar nichts Königliches, sondern war eine Absteige an der Hauptstraße neben einer Fish'n'Chips-Bude.

Und einmal, nicht an diesem Tag, sondern an einem Tag im November, habe ich einem Jungen aufgelauert, der vom Geigenunterricht kam. Ich ging ihm nach, durch die ganze stinkende Altstadt, und als wir an einer Toreinfahrt vorbeikamen, holte ich ihn ein, rief: Ich habe was für dich, und hielt ihm ein Foto hin. Er folgte mir in die Einfahrt, und als er die Hand nach dem Foto ausstreckte, riß ich ihm den Geigenkasten weg und zerschlug ihn auf der Steintreppe, die sich hinter dem Torbogen zwischen engen Häusern den Berg hochwand. Es war der Junge mit den Rotzschlieren auf der Brille, und es war in Wildenburg, im zweiten Jahr.

Und einmal fuhren wir, du und ich, an diesem Tag nach Berlin, und nachdem der Zug die Elbe überquert hatte, kam ein Mann ins Abteil und fragte, welcher Fluß das gewesen sei.

Und einmal trat ich an diesem Tag in das Wohnzimmer, in dem lauter Versandhausmöbel standen, und als ich die Vase entdeckte, die Porzellanvase, die in Plothow in der Vitrine gestanden hatte, nahm ich sie in beide Hände und ließ sie auf den Boden fallen, weil sie in dieser Stadt, zwischen diesen Möbeln so verloren aussah.

Und einmal habe ich an diesem Tag in der Zeitung von einem Mann gelesen, den Eskimos, Robbenjäger, dabei beobachtet haben, wie er, hoch im Norden, allein über ein Eisfeld ging, auf die weiße Grenze zu, die Alaska von der Sowjetunion trennt. Sie hätten gerufen, gewunken, ihm Zeichen gemacht, aber er habe sie nicht bemerkt oder so getan, als bemerke er sie nicht. Und sei nicht gekleidet gewesen für die Kälte, habe weder Schlitten noch Skier dabeigehabt, und es seien noch viele hundert Meilen bis zur nächsten Siedlung gewesen.

Und ein anderes Mal, ebenfalls an diesem Tag, habe ich von einem Jungen gelesen, der sich allein auf den Weg gemacht hat; er war zwölf oder dreizehn und ist in Algier in den Fahrgestellschacht des Flugzeugs geklettert. Er hatte kein Gepäck dabei, keinen Ausweis, nur sich selbst schickte er auf die Reise, ohne aber am Ziel anzukommen. Nach der Landung in F. wurde er in einem Winkel des Schachts entdeckt, er war nicht zerquetscht worden, sondern erfroren.

Und einmal habe ich an diesem Tag in einem Hotel gesessen, in Anzio, und hatte vergessen, daran zu denken, daß es dieser Tag war.

Und einmal war ich an diesem Tag in der Schule, als, in der dritten Stunde, ein Referendar den Kopf zur Tür hereinstreckte und den Lehrer bat herauszukommen. Er ging hinaus auf den Flur, und als er zurückkam, trat er an die Tafel, nahm ein Stück Kreide, drehte sich dann um und sagte: Leiser, du kannst deine Sachen packen und nach Haus gehen. Mehr nicht, mehr brauchte er nicht zu sagen, ich wußte schon, was es bedeutete, während es die anderen in der Klasse noch nicht wußten und kicherten, weil sie glaubten, ich würde wegen etwas, das ihnen entgangen war, von der Schule verwiesen. Oje, feixte der Junge neben mir auf der Bank, jetzt fliegt er. Putz die Brille, sagte ich, nimm die Watte aus den Ohren, denn ich wußte es besser; ich wußte, daß ich nach Haus geschickt wurde, weil ihr Herz aufgehört hatte zu schlagen. Als ich, die Mappe unterm Arm, zu den Fahrradständern am Ende des Schulhofs ging, war der Himmel über Wildenburg genauso blau und leergefegt wie an dem Tag, an dem wir auf die Grenze zugerollt sind, über ganz Deutschland blauer Himmel, aber dieser hier, das wußte ich, war der falsche, das Blaue nur Tünche.

Daran dachte ich in der Zeit, in der der Anruf kam, an all die Tage, die auf ein Datum fielen, das gleiche Datum, oder mit ihm verbunden waren (wobei denken das falsche Wort ist, ich war ihrer inne, ich spürte sie wie andere das Nahen eines Gewitters), denn wieder rückte er heran, dieser Tag; es war schon warm, man konnte abends lange draußen sitzen, in den Gärten, durch die ich bei meinen Spaziergängen kam, blühte es wie am ersten Tag – da rief, als ich eben ins Haus trat, der Redakteur an und fragte, ob ich nicht einen Artikel schreiben wolle, einen Artikel über einen politischen Ort, er könne mir so viel Platz einräumen, wie ich brauchte. Einen Artikel, fragte ich. Ja, oder Aufsatz, Essay. Seeger schreibe über Sedan, Pfeil über Mauthausen, Munthe, wie nicht anders zu erwarten, über die Krumme Straße, und wenn ich, fügte er, offenbar in der Annahme, ich kennte Seeger, Pfeil und Munthe, als sozusagen halber Lateinamerikaner über die Schweinebucht schreiben würde –

Nein, sagte ich, wie käme ich dazu. Trotzdem beharrte er darauf, mir ein Papier zu schicken, ein Exposé, das er für die geplante Artikelserie angefertigt hatte. Und erst als er fragte, ob er es an diese Adresse schicken solle oder in den Schwarzwald, merkte ich, daß er mich mit Götz verwechselte, der manchmal, wenn er für längere Zeit verreiste, seine Post an meine Adresse schicken ließ. Am Morgen war er aus seinem Schwarzwalddorf gekommen, und ich hatte ihn zum Flughafen gebracht.

Er reiste mit einer winzigen Aktentasche in ferne Länder, während ich inzwischen so ungeübt im Reisen geworden war, daß ich, wenn ich bloß in den Vogelsberg fuhr, am liebsten mehrere Koffer mitnahm. Wenn ich ihm zuhörte, wie er in seinem weichen süddeutschen Tonfall von Peru, Kolumbien, Chile erzählte, glaubte ich, den Grund für seine wunderbare Ausgeglichenheit zu kennen: er hatte einen Mittelpunkt; nach jeder Reise kehrte er in sein Dorf zurück. Als ich ihm an diesem Morgen nachsah, wie er durch die Paßkontrolle ging, hatte ich verwundert gedacht, daß er, der Bodenständige, der Reisende geworden war und ich, der Entwurzelte, der Zimmerhocker.

Am nächsten Tag kam der Brief mit dem Exposé. Ich öffnete ihn, ließ ihn eine Weile auf dem Tisch liegen, kramte ihn unter andere Briefe, die ich nach einiger Zeit auf den Fußboden legte; dann, als mir der Papierhaufen lästig wurde, weil ich im Bogen um ihn herumgehen mußte, hob ich ihn wieder auf den Tisch und sortierte die Post aus, die sich inzwischen von selbst erledigt hatte. Den Brief mit der Aufforderung, über einen politischen Ort zu schreiben, rückte ich an den rechten Schreibtischrand. Was wäre denn, dachte ich, wenn ich den Brief da liegen sah, ein politischer Ort?

In dieser Zeit ging ich viel spazieren. Ich ging am frühen Abend, wenn die Tageshelligkeit nachließ, von zu Haus los und bog nach ungefähr zweihundert Metern in einen Weg, der auf ein Gartenstück hinausführte, das ich für mich die Ebene nannte, weil es flach war und mich an die Landschaft bei Plothow erinnerte. Nirgends waren die Berge zu sehen, die das Land einengten, nur ein Kranz Bäume am Horizont, in dem sich, noch bevor es richtig dunkel wurde, die Dämmerung fing. Über F., der nahen Großstadt, sah ich in kurzen Abständen die Flugzeuge einschweben, so langsam, daß ich fast meinte, sie stünden in der Luft; erst wenn ich eine Weile hinschaute, merkte ich, daß sie sich bewegten. Ich ging diesen Weg nie allein, auch wenn mich niemand begleitete, weil in meinen Gedanken immer die Menschen dabei waren, die ich verlassen hatte oder die mich verlassen hatten. Sie gingen neben mir her, hakten sich bei mir ein. Was willst du denn? sagten sie, wenn ich mich gegen sie wehrte. Willst du uns los sein? Nein, sagte ich, und doch werdet ihr mir lästig. Als ich, geblendet von dem roten Sonnenball, der schon fast untergegangen war, die Augen schloß, hörte ich ein Hämmern, wie von den Rostklopfern auf den Kähnen, und als ich weiterging, an einer überschwemmten Wiese vorbei, glaubte ich, in der Luft den dumpfen Geruch des Kanals zu spüren.

Da kehrte ich um, und als ich in der Wohnung zurück war, rief ich den Redakteur an, meldete mich mit Götz' Namen und sagte, ich würde den Artikel schreiben. Über die Schweinebucht? fragte er.

Nein, das wohl nicht.

Damals machte ich mir schon Notizen über Plothow, aber gefragt, woran ich arbeitete, erfand ich etwas anderes oder antwortete bestenfalls allgemein, daß ich über Landschaften schriebe, über Landschaften und Orte. Das wisse man ja, hieß es dann, aber über welche? Über die Landschaft meiner Kindheit beispielsweise, sagte ich und setzte eine gleichgültige Miene auf. Daß sich diese Landschaft in mir festgefressen hatte wie eine Krankheit, sagte ich nicht. Meistens war die Sache damit erledigt, und man fing von anderem zu reden an.

Aber an diesem Abend, es war der gleiche, an dem ich den Redakteur angerufen hatte, wagte ich mich weiter vor als sonst. Es war der Abend vorm 1. Mai, und ich war bei Leuten eingeladen, die ich flüchtig kannte. Bevor ich los-

gegangen war, hatte ich unter dem Eindruck des Gesprächs, das ich mit dem Redakteur geführt hatte, notiert, es gäbe keine politischen Orte oder nur solche, und hatte nun, wieder gefragt, was ich, der Reiseschriftsteller, der nicht mehr reise, tue, von Plothow zu erzählen begonnen, als sich ein junger Mann zu mir setzte, der vor einiger Zeit aus Rumänien gekommen war, den Kopf vorgebeugt hatte er neben mir gestanden und aufmerksam zugehört. Als ein Stuhl frei wurde, setzte er sich, zog eine Flasche heran, zwei Gläser, stellte eines vor mich hin, eines vor sich, goß ein, und als er aufblickte, sah ich ein Leuchten in seinen Augen und wußte, daß er jetzt von seinem Verlust, von seiner Landschaft zu reden anfangen wollte. Deshalb unterbrach ich ihn gleich, legte die Hand auf seinen Arm und behauptete, indem ich tat, als müsse ich einen Gedanken zu Ende führen, daß man seine Landschaft ja überall wiederfinden könne; wenn man den richtigen Bildausschnitt wähle, sei fast jede einer anderen vergleichbar. Ich, beispielsweise, hätte noch auf einer Insel, die von meiner Landschaft weit entfernt sei, eine Lieblingsstelle gehabt, zu der es mich immer wieder hingezogen habe. In einem bestimmten Licht, in das sie am Nachmittag getaucht gewesen sei, hätte ich mich, wenn ich die Augen auf einen bestimmten Punkt gerichtet hielt, in meine, die märkische Landschaft zurückversetzt gefühlt. Insofern könne man sagen, daß nichts verloren sei, sondern daß man das Verlorengeglaubte überall wiederfinden könne.
Ich sagte das nicht, um ihn zu trösten, sondern um ihn von mir abzulenken. Ich wollte nicht, daß er anfing, seine Bilder mit meinen zu vermischen. Aber er verstand es nicht,

und als er, kaum daß ich fertig war, weiterredete, begann ich, mit den Fingern auf den Tisch zu trommeln, bis er sein Glas nahm, aufstand und durch die Tür auf die Terrasse hinaustrat.
Aber als ich in der Nacht nach Haus ging, fehlte er mir schon. Beinahe wäre ich umgekehrt, um ihn zu bitten, das Gespräch fortzusetzen. Plötzlich wollte ich hören, was er zu erzählen hatte. So war es oft: ich entzog mich Gesprächen und wenig später sehnte ich mich danach zurück. Du kennst das.

Ich hätte noch einmal zurückgehen, ihn beiseite nehmen und ihm zuhören sollen? Ach, du weißt doch, daß das ein launischer Wunsch war, der sich, sobald ich bei dem Haus angekommen wäre, schon wieder verflüchtigt hätte. Und außerdem: Was war das für ein Abend, für ein Haus! Weiße Teppiche, weiße Ledergarnituren, Fotokunst an den Wänden, Maibowle, vom Garten her der Widerschein von Fackeln. Die Gastgeberin hatte sich für den Abend in einen weißen Hosenanzug gezwängt und kurz vor zwölf begonnen, Nelken zu verteilen, rote Nelken, und als es zwölf geworden war, hatte sie die Internationale aufgelegt und jeden, der noch saß, vom Stuhl hochgezerrt, damit er mit ihr zu dieser Musik, zu diesem Marsch, in der Mitte zweier Zimmer, zwischen denen die Schiebetür offenstand, ein paar Schritte tanzte. Alle, auch ich (ich gestehe es), hatten ihrem Drängen nachgegeben, um sich dann wieder in einer Ecke zu verkriechen und am Sektglas zu nippen, denn vor Mitternacht war Sekt ausgeschenkt worden, als finge Schlag zwölf ein neues Jahr an,

nur das Feuerwerk fehlte. Ich hätte nur durch die Tür zu treten brauchen, und schon hätte ich wieder umkehren wollen. Und selbst wenn ich es geschafft hätte, einzutreten und ihn beiseite zu ziehen – was hätte ich ihm sagen sollen? Daß er ohne Furcht vor meinem Fingergetrommel zu erzählen anfangen dürfe? Und umgekehrt: Wovon hätte ich ihm erzählen sollen? Von Plothow? Na gut. Aber was finge ich mit Wildenburg oder Anzio an, die gewissermaßen dazu gehören, oder auch mit dir, denn seit du beschlossen hast, in Berlin zu bleiben, gehörst auch du dazu, zu Plothow und zu diesem Tag, seitdem erst recht. Hätte ich ihm auch davon erzählen sollen?
Nicht so schnell, sagst du.
Gut, noch mal zurück.

Erinnerst du dich an den Nachmittag, an dem wir mit dem Rad unterwegs waren? Es war im Frühsommer, vielleicht auch im Mai. Nachdem wir ein kurzes Waldstück durchquert hatten, fuhren wir durch ein Gewirr von Kleingärten, in denen aus Brettern und Dachpappe zusammengenagelte Häuschen standen; darin wurde das Gartengerät verschlossen, zur Not aber konnte man darin auch übernachten. Es waren winzige Gärten mit niedrigen Obstbäumen, deren Stämme weiß gekalkt waren, und mit Beeten nicht größer als Bettlaken, auf denen Tuschnelken und Löwenmäulchen wuchsen oder, im Schatten einer Regentonne, Rhabarber, und an einem Zaun hing ein Schild: Zu verkaufen.
Ich stieg vom Rad und fragte: Was, meinst du, wird das kosten? Dreißigtausend. Ich hatte ähnlich geschätzt und

überschlug tatsächlich im Kopf, ob wir uns das leisten könnten.

Am Abend erzählte ich Freunden davon, die herausgekommen waren, und sagte, mehr im Spaß, ich würde jetzt einen Garten kaufen, einen Schrebergarten mit einer Bude darauf. Sie starrten mich entgeistert an. Was willst du denn damit, fragte einer. Eine Stelle, von der mich keiner vertreiben kann. Aber er schien mich falsch verstanden zu haben, denn er sagte: Gerade du müßtest doch wissen, daß man nichts mitnehmen kann und das Gepäck leicht halten muß.
Ach, er hatte gut reden. Er wohnte in einem Haus, das in einem Garten lag, der so groß wie ein Fußballfeld war. Er hatte es im letzten Jahr ochsenblutrot anstreichen lassen, so daß es aussah wie ein Landhaus in der Toscana, hatte Wände herausreißen, Holzdielen legen, Fenster, Türgriffe, Klo- und Waschschüsseln auswechseln lassen. Das Haus gehörte ihm, von seinem Arbeitszimmer aus blickte er auf eine Pappelallee, die sein Vater gepflanzt hatte. Erinnerst du dich? Es war die Zeit, in der wir unsicher waren, ob wir in der Wohnung bleiben könnten, denn das Haus war verkauft worden, jeden Tag rechneten wir mit der Kündigung. Du warst an diesem Abend nicht dabei, weil du zu unserem Anwalt gefahren warst, vorsorglich. Wenn ich mir vorstellte, ein Haus zu besitzen, und wäre es so winzig, daß gerade das Nötigste hineinpaßte, dachte ich nicht daran, wieder weg zu müssen, sondern anzukommen. Und in der Nacht träumte ich wieder von den Kindern.

Hörmal, rief der Junge, wenn ihr innen Westen macht, dann grüß aber von mir. Machen nich innen Westen, rief ich zurück. Und wennde wiederkommst, dann – Dann? Wat dann?! Nu sach doch? Dann sindwer alle wech. Wohin denn? Woanders hin.
Immer stehen sie auf der Böschung über der Kleinbahn, schon halb im Wald, und ich unten auf der Chaussee, ihre Hemden leuchten, und dann saugt sie der Wald in sich hinein. Es ist, mußt du wissen, der gleiche Wald, den ich in einem anderen Traum anzünde. Doch vorher schreit mir meine Mutter das Datum ins Ohr, das Datum des Tages, der nicht vorüber ist, der jährlich wiederkehrt.

Schon Tage vorher beginnen die Wände zu beben, die Fenster zu klirren, die Lampen zu flackern. Keiner merkt es, nur ich gehe unsicherer, lausche auf jedes Geräusch, die Kopfhaut ist angespannt, der Mund trocken. Und ist der Tag da, ducke ich mich, aber der Komet saust vorbei, jedesmal. Bis jetzt. Aber einmal, weiß ich, werden wir zusammenstoßen und zerschellen, er und ich.

Keiner merkt es? Nun, du merktest es, das war es ja. Du merktest es in der Nacht, als ich wieder aufstand und du mir nachkamst, und an dem Tag im Zug, an dem wir, ausgerechnet auf dieser Strecke, nach Berlin fuhren. Aber war es das Gleiche? Oder merktest du nur meine Anspannung, mein Zittern. Ach, sagte ich, als du mich anschautest, das ist nur das Äußere, kaum der Rede wert. Und du: Daß du im Zug schreiben kannst. Sind ja nur Stichworte. Für die Sendung?

Richtig, die Sendung, wegen der ich nach Berlin mußte, die Diskussion, das Studiogespräch. Zu welchem Jahrestag? War doch weit und breit keiner in Sicht, 17. Juni noch nicht, 1. Mai vorbei. Nur mein Jahrestag. Und ich, wozu war ich eingeladen? Um über Kindheit zu reden. Mit fünf anderen erwachsenen Kindern am runden Tisch, hinter schallgedämpften Türen. Über das Prägende, Sägende. Wenn ich davon erzählen soll, fällt mir zuerst die Verandatür ein, dann die Brücke, dann der Bahnsteig, sagte ich. Dann erzähl zuerst davon, sagtest du.
Und wenn ich neu darüber nachdenke: die Tasse mit der dampfenden Milch in der stillen Küche; das Holzbrett mit dem Marmeladenbrot, es klebte an den Fingern, auch an diesem Morgen; der vorstehende Nagel am Handwagen, der am Koffer entlangratschte, der gleiche Koffer, den ich später in Anzio dabei hatte, viel später, noch immer mit dem langen Riß, der Spur des Nagels an der Seite; die beschlagenen Abteilfenster, als der Zug anruckte; die Großeltern, die Stadt, obwohl noch nahe, schon wie hinter einem Vorhang, einer Milchglasscheibe; der kalte Rauch, unter den Bänken die Asche.

Und wenn ich gefragt werde, warum ich davon erzähle, fällt mir eine ganz andere Geschichte ein, sagte ich nach einer Weile, eine Geschichte im Interzonenzug Helmstedt–Berlin: Ein Mann setzt sich zu einem anderen, einem Fremden, ins Abteil; und während der Zug, schon in der DDR, über die Elbe fährt, erzählt er ihm, daß er die Strecke schon einmal gefahren sei, vor achtundzwanzig Jahren, mit seiner Mutter, auf der Flucht; damals war er zehn und

die Mutter fünfunddreißig, und sie hatte noch ein Jahr zu leben, auf den Tag genau, aber das wußte sie natürlich nicht, und der Junge auch nicht. Er erzählt dem anderen Mann die Geschichte dieses Tages, und als der Zug durch seinen Geburtsort fährt, springt er hinaus, durchs Fenster, und stürzt sich auf dem Gleis, von dem er vor achtundzwanzig Jahren abgefahren ist, zu Tode. Bitte, sagte Vera (jetzt nenne ich deinen Namen doch), bitte, damit macht man keinen Spaß. Ist auch keiner. Aber warum? Warum springt er? Wenn ich es wüßte, müßte er es nicht tun. Er muß? Unbedingt.
Da wußtest du schon, was du sagen würdest, später, wenn wir angekommen sein würden. Da legte es sich in deinem Kopf schon zurecht.

Aber deshalb war sie nicht mitgefahren, sondern um Stadt zu sehen, Trubel zu haben, Leichtes rundum, Caféterrasse mit Freunden nachts, Musik von innen, und plötzliches Erschauern, ein Windstoß, der Geruch der Havelseen, als ginge man durch Schilf und säße nicht da, im Korbstuhl, vor halbleerem Weinglas. Es fiel ihr erst unterwegs ein, im Zug, war keineswegs geplant. Sagt sie, sagte sie. Und lügt nicht, log nicht. Habe sie nie bei einer Lüge ertappt, nicht wenn es um Wichtiges ging. Ganz anders als ich. Log, lüge immer, wenn es um Wichtiges geht, dann ja. Natürlich habe ich nicht von der Verandatür, der Brücke, dem Bahnsteig erzählt, dem Prägenden, Sägenden. Keiner hinter der schalldichten Tür hat davon gesprochen. Sie hinken ja, dachte ich, als sie aufstanden, haben ja eine spitze Nase, eine Flatterzunge, die sich selbständig ge-

macht hat. Hab nicht erzählt von dem Tag, der nicht vorüber ist, ich auch nicht, von diesem Tag, der aufgehoben ist im Fliedergeruch, im Flußfließen, im Windwehen, im Sandknirschen, im Schutzblechschleifen, im Zugtürschlagen, im Abfahrtspfeifen, in jedem Handgriff, in jeder Umarmung, in jedem Abschied, jedem Wort, das sagt: Geh nur kurz auf die Straße, einkaufen, bin gleich zurück. Und was anderes meint.
Und wer uns zuhörte an diesem Tag, zu Haus, allein? Was dachte er? Eine Kindheit mit Tieren, eine Kindheit ohne Tiere; eine Kindheit zwischen Trümmern, eine Kindheit im Garten; eine Kindheit bei den Jungen Pionieren, eine Kindheit im Kirchenchor; eine Kindheit mit Musik, eine ohne. Mit Vater, ohne. Ohne Bücher, mit. Mit ohne. – Sieh dich nicht um.

Es ist etwas Merkwürdiges, mit den Gedanken immer zum gleichen Tag zurückkehren zu müssen und alles, was danach geschehen ist, auf ihn zu beziehen. Ich weiß, dir kommt es absonderlich vor, aber für mich ist es ganz selbstverständlich, denn immer ist mir gegenwärtig, daß mein Leben ohne ihn anders verlaufen wäre.
Wenn ich mit dem Zug durch die Stadt fahre – ich tue es noch immer – und die Leute auf dem Bahnsteig sehe, von dem wir am Morgen dieses verdammten Tages abgereist sind, wenn ich sehe, wie sie, die ich vielleicht gekannt habe, dem Zug hinterherschauen, dem Zug nach Westberlin, in dem ich sitze, denke ich, so könntest du jetzt auch da stehen, eine Fahrkarte nach Brandenburg oder Potsdam in der Tasche, und dem Zug hinterherschauen.

Wenn er dann durch den Bahnhof gefahren ist, wenn die Leute auf dem Bahnsteig und die Häuser der Stadt schon zurückgeblieben sind und er wieder durch Wiesen rollt, taucht für einen Augenblick der Kirchturm von Plothow auf.

Fern über Baumkronen, die sich hinter weiten Wiesen wie Wolken zusammenballen, gluckt der breite Turm, in dessen runden Glockenluken die Käuze hockten, zu denen das Kind mit Grausen hochgeschaut hat, wenn es unten vorbeiging; meistens saßen sie, jeder für sich, in den nebeneinanderliegenden Luken, schlafend oder jedenfalls mit geschlossenen Augen; nur manchmal zog einer ein Lid hoch und blinzelte zu ihm herunter, so daß es erschrak, weil es glaubte, der Blick gelte ihm und er sehe es wie ein Beutestück an.

Wenn ich den Turm über den Baumkronen auftauchen sehe, ordne ich um ihn schnell die Wege an, die drei Wege, die von der Kirche wegführen, die drei Sandwege, von denen einer zum Kanal, einer zum Haus der Großeltern und einer zum Haus, in dem wir gewohnt haben, führt. Wie ein Süchtiger sauge ich das Bild des Kirchturms in mich auf, weil er der einzige Anhaltspunkt in der Landschaft ist, von dem aus ich die Lage der Straßen bestimmen kann, die mir so vertraut sind; aber gleich darauf ist das Bild weggewischt, weil sich ein lächerlich niedriger Wald, den ich mit meinem Augen nicht durchdringen kann, als Barriere zwischen uns schiebt, und ein Vers fällt mir ein: Reißt die Wälder weg, tragt die Erdkrümmung ab, daß ich freie Sicht auf meine Geliebte hab.

Wie? höre ich dich rufen.

Ach, du hast es nicht verstanden.

Für den Artikel notierte ich mir: Leicht könnte ich noch immer, nach fast dreißig Jahren, aus dem Kopf eine Karte von meinem Ort zeichnen. Ich würde mit dem Kanal anfangen und als nächstes gleich die Brücke einzeichnen.
Geht man, aus dem dörflichen Teil von Plothow kommend, über die Brücke in die Stadt – und man geht immer auf der rechten Seite, und man geht, um auf die Brücke zu gelangen, immer aufwärts, weil viel Sand und Steine angekarrt und aufgeschüttet werden mußten, um den Schiffen die nötige Durchfahrtshöhe zu verschaffen – geht man also, aus dem dörflichen Teil kommend, über die Brücke in die Stadt, sieht man zur Rechten den weiten Platz mit dem runden Wasserturm aus rotem Backstein.
Der Sandboden ist so festgetrampelt, daß nichts auf ihm wächst. Im Frühjahr wagen sich noch einige Grashalme hervor, aber wenn der 1. Mai mit seinen Aufmärschen darübergegangen ist, wenn im Juni der Rummel mit seinen Karussells und Buden da war, sind sie weggebrannt, in den Boden gestampft. Im Sommer ist der Platz ausgetrocknet und rissig, so daß die weißem Kniestrümpfe der Kinder, die sonntags mit dem Fahrrad darauf herumkurven, rasch bis zu den Waden hinauf staubig sind. Wenn Regen gefallen ist, bleibt das Wasser lange in den Mulden und Spuren stehen.
Zum Kanal hin begrenzt ein schmaler Fußweg, auf dem kaum zwei nebeneinander gehen können, den Platz, und kanalabwärts wächst eine Reihe schwankender Pappeln, hinter der das Hafengelände beginnt.
Am Ufer liegen drei, vier Kähne, auf denen gehämmert und geschweißt wird oder die darauf warten, daß sie ins

Trockendock gezogen werden; aber sie liegen nicht ganz am Ufer, weil unterhalb der niedrigen Böschung das Wasser schon zu flach ist, so daß man nur über ein schmales Brett, das nachts eingezogen wird, an Bord gelangt. Nach Westen hin nimmt der Kanal nach etwa einem halben Kilometer eine leichte Biegung nach rechts, um dann lange geradeaus durch das flache, gelegentlich von Baumreihen unterteilte Land zu fließen.

Zur Stadt hin läuft der Brückenhang in eine Straße aus, die mit flachgehauenen quadratischen Steinen gepflastert ist; die Bordsteinkante ist hoch, und die Häuser bilden eine einheitliche graue Front, die auch durch Backsteinbauten, die wohl hier und da dazwischenstehen, nicht unterbrochen wird, weil alle Häuser ausnahmslos wie mit einem schmutzigen Firnis überzogen sind.

An diesem Morgen, an den ich denke, wenn der Tag heranrückt, öffnete sich die Straße, von der es nicht mehr weit zum Bahnhof ist, wie das schwarze Loch eines Fischmauls.

Wann war das? Vor zwanzig Jahren? Vor dreißig. Aber wie heute. Und Anzio? Wann war Anzio? Vor neun Jahren, vor zehn? Und wann Tipperary, oder besser Inishmore, das Steinlabyrinth von Inishmore? Vor sechs Jahren, vor sieben? Und Berlin, wann war das? Dieser Tag, an dem wir wirklich im Korbstuhl saßen, wenn auch nicht draußen, auf einer Terrasse, sondern im Hotelrestaurant – vor einem Jahr, vor zwei?

Wenn es diesen Tag nicht gäbe, oder nicht jährlich. Wenn es in einem Schaltjahr angefangen hätte, an einem neunundzwanzigsten Februar, und nicht im Mai, im hellen Mai. Und wenn es nicht ohne mein Wissen angefangen hätte. Und wenn es nicht gegen meinen Willen geschehen wäre. Und wenn ich es hätte verstehen können, damals.

Sieh dich nicht um, sagte die Mutter am Morgen der Abreise. Aber am Abend davor hieß es ganz anders. Am Abend davor, als ich schon schlief, als sie mich weckte, als sie sagte: Zieh dich noch mal an!, als wir auf die Straße hinaustraten, durch den Vorgarten, auf die nachtdunkle Straße, hieß es: Sieh hin, sieh dir alles genau an, weil du es nicht wiedersiehst.

Da ist er, der Satz, der verfluchte. Mußte sie mich damit anstecken? Wie sie mich später mit dem anderen angesteckt hat, der lautet: Wir werden nie zusammen tanzen. Und wie ich wirklich nicht tanzen gelernt habe, nachdem sie das gesagt hatte, in der anderen Stadt, ein Jahr danach, fast auf den Tag genau, gelb vor Galle, die ihr Blut durchschwemmt hatte, und schon Blut lassend, wenige Tage, bevor der Referendar seinen Kopf zur Tür hereingestreckt und der Lehrer gesagt hat: Pack deine Sachen. Und wie ich dennoch getanzt habe, am Nachmittag des gleichen Tages, wieder Jahre später, in Anzio, bevor ich mich an das Datum erinnert habe, mit den Engländerinnen, den Frauen und Töchtern der Veteranen, die jährlich nach Anzio kamen, wovon ich nichts wußte, um den Jahrestag der Landung zu feiern, der Landung der Alliierten in Italien. Oder der deutschen Kapitulation?

Sieh dir alles genau an, sagte die Mutter am Abend, und am Morgen: Sieh dich nicht um.
Nein, sagtest du, als wir an diesem Tag zusammen nach Berlin fuhren, nicht davon. Erzähl von Anzio!

You are Dutchman? fragte die Engländerin, nachdem wir schweigend getanzt hatten und ich sie an den Tisch zurückgebracht hatte, von dem sie aufgestanden war, um mich aufzufordern, nachdem ich einen Augenblick in der Tür stehengeblieben war, um dem Treiben im Ballsaal zuzusehen.
No, German, antwortete ich, worauf mich der ältere Mann am Tisch streng ansah und fragte: You have seen the Maschinengewehrtürme along the coastline? Er benutzte das deutsche Wort, das sich in dem englischen Satz sonderbar ausnahm; es klingt mir noch jetzt im Ohr. Ich war eben erst angekommen, der Koffer lehnte noch neben der Tür, und auf ihm lag die Zeitung, die ich mir an der Busstation gekauft hatte. Ich lebte damals, wie du weißt, in Italien, fuhr viel mit dem Bus umher und war schon mehrere Tage unterwegs, als ich in die Stadt kam.
Es war am Nachmittag, und ich stieg die Treppe hinauf in mein Zimmer, das zum Strand hinauslag; das Meer dehnte sich wie ein grauer Teppich bis zum Horizont. Ich wollte einen Brief schreiben, und da ich nicht wußte, welches Datum war, schaute ich auf die Zeitung und sah, daß es dieser Tag war.
Aber damit ist die Geschichte nicht zu Ende, sagtest du. Du wolltest unbedingt, daß ich von Anzio weitererzähle, weil es eine bessere Geschichte sei als die von dem Mann,

der sich zu dem Fremden ins Abteil setzt. Natürlich, sagtest du, die viel bessere Geschichte.

Nein, noch nicht. Zuerst von dem ersten Tag, oder besser: dem Abend vorm ersten Tag in der Reihe.
Ich sehe den Jungen auf dem Bett liegen, und das erste, woran er sich später erinnern wird, ist die Hand an seiner Schulter, die Hand, die ihn wachrüttelt, und die Stimme an seinem Ohr.
Karsten, wach auf, bitte, wir gehn noch mal auf die Straße.
Jetz? Is ja duster.
Sie hatte kein Licht gemacht, auch im Korridor nicht. Nur von der Küche her, zu der die Tür aufstand, fiel ein bißchen Licht in den Korridor, ein Schimmer, der bis zu seinem Bett reichte, über das sie sich beugte.
Steh noch mal auf.

Ich kann mich nicht daran erinnern, werde ich in dem Artikel schreiben, daß ich jemals mit meiner Mutter spazierengegangen wäre; das wäre den Erwachsenen, da es vom Aufstehen bis zum Zubettgehen etwas zu tun gab, wie Zeitverschwendung erschienen, besser ruhte man sich aus; man ging, um Erledigungen zu machen, und weitete die notwendigen Gänge vielleicht zu einem kleinen Bummel aus, aber man ging nicht von zu Hause los, bloß um so herumzuspazieren, und schon gar nicht nachts. Wenn es dunkel wurde, schloß man die Stube und verriegelte das Fenster; die Nacht hatte noch nichts von ihrem Schrecken verloren.

Aber in dieser Nacht, der Nacht vorm Morgen der Abreise, rüttelte mich die Mutter wach und sagte, nachdem ich mich angezogen hatte: Komm, und nachdem wir durch die Veranda und den Vorgarten auf die Straße getreten waren: Sieh dir alles genau an.

Die Häuser, an denen wir vorbeikamen, waren dunkel, die Fensterläden zugezogen, kein Lichtschein drang durch die Ritzen heraus. Der erste Mai lag erst wenige Tage zurück, neben den Türen lehnten noch die jungen Birken. Im Mondlicht sah es aus, als wölbten sich die Häuser von der Straße weg, von der Straße und von uns.
Weißt du, warum ich dich noch mal geweckt habe, fragte sie.
Stillehalten, nüscht wissen, nich antworten, jeht vorüber.
Morgen früh fahren wir in den Westen. Wat is? Wohin? Mit dem ersten Zug, für immer.
Fing es da an, wovon Vera später schrieb: Dies nicht mehr, dies Rückwärtsgucken, dies Nichtdrüberwegkommenwollen?
Hast du es wirklich nicht gewußt, fragte die Mutter, als wir in der Dunkelheit gingen. Sie hakte sich bei mir ein, und ich spürte, daß sie zitterte, als sei ihr kalt, und später, in der anderen Stadt, dachte ich, daß sie gezittert habe, weil in diesem Augenblick der Tod in sie gefahren sei. Daß dies der Augenblick gewesen sei, in dem er die Stelle gefunden hat, durch die er in sie hineinschlüpfen und sich in ihr ausbreiten konnte, und der Augenblick, in dem die Träume in mir gepflanzt wurden, die Träume, die wiederkehren, die Bilder, die Stimmen.

Kann doch nicht sein, daß du es nicht gewußt, daß du von allem nichts gemerkt hast. Bist doch ein großer Junge. Bist doch ein kluger Junge, ein starker Junge, bist bald ein Heimwehkranker, ein Klassenletzter, ein Heftezerfetzer, einmal ein Frauenhasser, leblang ein Orteverlasser. Nüscht hab ick jewußt, halt mich an det, wat mir jesacht wird.

Ging aber einer um, der Unruhe hieß. Man sah ihn nicht, hörte ihn nicht. War aber da. War der Wisperer hinter der Tür, war der Schatten auf der Treppe. Ging abends raschelnd durch den Garten, warf Steine ans Fenster, rief mit Käuzchenstimme: Kommit, kommit. Schickte Karten aus südlichen Ländern, schwenkte Glitzerpapier, aus dem Schokoladentaler fielen. Sein Atem roch nach Kaffee, seine Finger nach Apfelsinen. Faltete Zeitungen auseinander mit vielen Meinungen, schickte Bilder über den Äther von blitzenden Autos. Hatte Pläne mit einem, von denen man nichts ahnte. Ging in knarrenden Schuhen über den Dachboden. Aber am Morgen, wenn es hell wurde, der Vorhang zurückgeschoben, war er wieder verschwunden.

Hast du es wirklich nicht gewußt, fragte Vera in der Nacht, in der ich aufgestanden und sie mir nachgekommen war. Auch sie fragte das. Als hinge davon etwas ab.

Im Notizblock steht: In den zurückliegenden Wochen war Geschirr verpackt und zur Post gebracht worden; die Großmutter hatte weinend in der Küche gesessen; Türen, die immer offengestanden hatten, waren ins Schloß gezogen worden; es hatte geheißen, ein Auto solle gekauft

werden, und hinterher hörte ich, es sei ein Vorwand gewesen, um den Bankangestellten zu erklären, warum alles Geld auf einmal vom Konto genommen wurde; ein Fotoapparat war gekauft und noch in der Verpackung weggelegt worden; der Vater war seit Tagen verreist, und die Mutter hatte dem Kind eingeschärft, daß es, falls es gefragt werde, wohin, sage: nach Dresden; in allen Gesprächen hatte ein Doppelsinn mitgeschwungen, der es ängstigte.
Ist es das, was du meinst?

Du hast in der Tür gestanden, den Bademantel über den Schultern, und gefroren. Ich sah dir an, daß du gefroren hast. Leg dich wieder hin, sagte ich. Aber du wolltest nicht, und als ich in den Wintergarten ging, die Tischlampe anknipste, kamst du hinterher. Wir setzten uns, gegenüber. Der Wind fuhr durch die Bäume und Sträucher, ein Ast des Nußbaums, der zu nahe am Haus stand, schleifte über das Fenster. Erzähl, sagtest du. Und als wir uns später in Berlin am Tisch gegenübersaßen, hast du gesagt: Nie hast du etwas erzählt, nicht das geringste, sondern bloß dieses Gesicht gemacht.
Ist es so?

Für den Artikel notierte ich mir: Wenn ich an die Zeit denke, in der alles seinen Gang ging, als sei es so für immer und durch nichts zu erschüttern, als seien Wechsel im täglichen Ablauf einzig durch den Wechsel der Jahreszeiten bestimmt, von denen wieder jede ein anderes Glück verhieß, wenn ich, ohne mich an etwas Bestimmtes erinnern zu wollen, an das Plothow zurückdenke, das ich meine (denn es ist nicht das der Zuckerfabriken und Waschmittelwerke, die du vom Zug aus sahst), sind die Straßen menschenleer, und ich habe das keineswegs als bedrohlich empfunden, denn immer gab es etwas, das mir die Nähe von Menschen angezeigt hat: ein Wäschestück auf der Leine, der Geruch von verbranntem Gras, das Knirschen eines Spatens hinter einem Lattenzaun, ein Paar Holzpantinen neben dem eisernen Abtreter eines Hauseingangs, zum Lüften ins Fenster gelegte Betten oder eine Leiter, die in einem Kirschbaum lehnte.

Später, viel später, als wir in bunten Flickenhemden herumliefen, die uns auf der Haut hätten brennen müssen, weil sie für einen Hungerlohn in Indien genäht worden waren, als wir in Silberpapier gewickelte Klümpchen in den Taschen trugen, von denen wir etwas in die Zigaretten bröselten, die wir mit vor dem Mund gewölbten Händen rauchten, bat mich eine Ostberliner Freundin, die ich gelegentlich besuchte, ihr ein paar Gramm von dem Traumzeug mitzubringen.

Wir saßen, rauchend, in ihrer Küche, blickten in den Hinterhof, in dem der Abfall aus den Mülleimern quoll, und plötzlich fiel ihr ein, daß wir eine Landschaft beschreiben sollten, die uns als der vollkommene Glücksort erschiene. Ich überlegte und sagte dann, es müßte wohl eine sein, in der man sich absondern könne, eine Landschaft, die vielleicht eine Parklandschaft sei. In einiger Entfernung, jedenfalls so, daß man sie nicht sähe, wären, hinter Büschen verborgen, Holztische aufgestellt, an denen Freunde säßen, die miteinander redeten, wobei es nicht darauf ankäme zu verstehen, was sie sagten, sondern einzig darauf zu wissen, daß man jederzeit aufstehen und zu ihnen hinübergehen könne.

So meine ich das, wenn ich sage, daß in meiner Erinnerung die Straßen und Häuser menschenleer sind. Die Straßen sahen immer aus, als sei gerade jemand um die Ecke gebogen; ich war allein im Zimmer, aber die Tür war bloß angelehnt, und von nebenan hörte ich Stimmen oder das Rücken eines Stuhls.

Morgen ganz früh, sagte sie noch einmal, als wir die Verandatreppe hochgingen. Sie hatte die Tür nicht abgeschlossen, und wir traten ein. Als wir im Korridor standen, stieß sie die Schlafzimmertür auf, machte Licht, und ich sah die Koffer auf dem Bett liegen, auf der Bettseite, auf der sonst der Vater schlief. Wahrscheinlich merkte sie es, merkte, daß es für den Verrat jetzt ein Bild gab, das Bild der Koffer, die sie insgeheim gepackt hatte, denn sie zog die Tür rasch wieder zu, legte mir den Arm um die Schulter und brachte mich zu meinem Zimmer.

In Anzio dachte ich, es wäre vorbei, noch als ich das Datum sah, oder: gerade da. Ich hatte den Tag vergessen gehabt, zum ersten Mal.

Ich kam von Salerno, Neapel, mit dem Zug, mit dem Bus, war schon seit einer Woche unterwegs, und nirgends, in keiner Stadt hatte ich dieses Fieber verspürt, das mich sonst befiel, wenn sich der Tag näherte, ich hatte einfach nicht an ihn gedacht. Der Tanz im Ballsall war wie eine Versöhnung gewesen, das Blei, das mir der Klageruf der

Mutter in die Beine gepumpt hatte, war flüssig geworden. Zum ersten Mal schrieb ich das Datum selbstverständlich. Der Koffer mit der Reißspur lag, unausgepackt, auf dem Bett. Da klopfte es. Ja, rief ich. Und der Hotelmanager trat ein.

Er hatte keine Mütze auf, aber als er einen Schritt nach vorn tat, ins Zimmer hinein, fuhr er mit der Hand zum Kopf, als wollte er eine Mütze abnehmen. Er blickte hierhin, dahin, ohne etwas zu sehen, und sagte schließlich, daß ich ausziehen müsse, purtroppo, leider, aber die Reservierung, noch von Rom aus getätigt, beruhe auf einem Mißverständnis. Und da wußte ich, daß nichts vorbei war. Daß nie etwas vorbei ist, das so begonnen hat. Ich habe nicht protestiert, habe den Koffer genommen, bin gegangen.

Aber du gingst nicht allein, sagte Vera im Zug, jemand kam dir nach.

Du wolltest unbedingt, daß ich weiterrede, um mich von der Geschichte mit dem Mann abzulenken, der aus dem Zugfenster springt. Dabei dachte ich schon an eine ganz andere Geschichte. An die Geschichte, die nach Tipperary begann.

Oder schon in Tipperary? Ich habe erst im Bus gemerkt, daß ich den Schlüssel mitgenommen hatte, den Zimmerschlüssel aus dem Royal Hotel, das eine Absteige war. Es war, fällt mir ein, drei Jahre nach dem großen Hungerstreik im Maze-Gefängnis, bei dem zehn Häftlinge gestorben sind; am Morgen hatte ich die Zeitung aufgeschlagen und auf der ersten Innenseite einen Artikel gelesen, in dem daran erinnert wurde. Ich faltete die Zeitung zusammen, holte mein Gepäck vom Zimmer, stellte es hinter die Glastür und ging auf die Straße hinaus. Der Bus hielt gegenüber vom Hotel, bis zur Abfahrt war noch eine Stunde Zeit, und so schlenderte ich herum, bog bald in die eine, bald in die andere Straße ein, bis ich zum Friedhof kam. Ein Mann mit einem Akkordeon breitete eben seinen Mantel neben dem Eingang aus, setzte sich und krempelte ein Hosenbein hoch, ich trat heran und sah die Wunde, ein verschorftes Loch, einen tiefen, schwarzen Krater im Fleisch, eine Handbreit überm Knie, mit einer rotbrandigen, nässenden Stelle in der Mitte. Ich sah sie und glaubte zugleich, der Mann sähe mich daraus an, es schien mir, als sei alles, was ihn ausmachte, am Grund dieses Kraters versammelt; er klappte ein Messer auf und stach, ohne sich um mich zu scheren, in die Wunde, schälte den Schorf weg, bis Blut herausrann, ein dünner hellroter Fluß, den er mit der Hand über dem Bein verschmierte. Ich wandte mich rasch ab, trat durchs Tor und hörte im gleichen Augenblick, wie der Akkordeonbalg mit einem Seufzer auseinanderfuhr. Während ich an den ersten Gräbern vorbeiging, begann er zu spielen. In Loving Memory Of My Dear Wife, In Loving Memory Of My Dear Husband, In Loving Memory Of My Dear Mother stand auf den Steinkreuzen, an denen herzförmige Plastikhauben lehnten, in die Papierblumen eingeschlossen waren, die die giftigen Farben von Hochzeitstorten hatten. Später im Bus war ich lange mit dem Fahrer allein, verkroch mich tief im Sitz; die Landschaft, durch die der Bus rollte, war hügelig, in den Wiesen, an den Abhängen standen Schafe, eine rote oder blaue Markierung am Hals, wie für den

Schlachter; die Wolken gingen tief, aber als wir über einen Hügelkamm fuhren, rissen sie auf, ließen einen Streifen blauen Himmels sehen, und gleich verspürte ich wieder den Wunsch, fliegen zu können, wie in dem Traum, in dem die Kinder vorm Haus stehen und rufen, ich solle herunterkommen. Während ich nach Stift und Spiralblock tastete, um ihn zu notieren, spürte ich, daß sich etwas Spitzes in meine Leiste bohrte. Ich faßte in die Hosentasche und zog den Schlüssel hervor.

Habe ich dir von diesem Traum erzählt? Es ist der freundliche Traum, den ich schon in Plothow zu träumen begann. Ich stehe an dem schmalen Badezimmerfenster und beuge mich zu den Kindern hinab, die unten auf mich warten und rufen, ich solle herunterkommen, zum Spielen. Doch ich darf nicht, denn ich bin krank; im Traum weiß ich, daß ich krank bin. Weil sie aber immer lauter rufen, immer heftiger winken, beuge ich mich weit aus dem Fenster, bis ich schließlich den Halt verliere und hinausstürze. Plötzlich liegt das Fenster nicht mehr im ersten Stock, sondern im obersten Stock eines sehr hohen Hauses. Anfangs fürchte ich mich vor dem Sturz, doch dann beginne ich, ihn zu genießen, weil er in ein sanftes Schweben übergeht, in dem ich hinabgleite und dann hoch über die Dächer steige, bis ich einen weiten Blick über das Land habe und mich wieder fürchte, weil ich die Tiefe unter mir bemerke. Je öfter ich diesen Traum hatte, um so besser gelang es mir, mich in der Luft zu halten und, wie ein Schwimmer mit den Armen rudernd, in jede gewünschte Richtung zu dirigieren. Nur, überflüssig zu

sagen, daß trotz aller Anstrengungen, die ich im Traum unternahm, der Abstieg zu den Kindern, die unten auf mich warteten, jedesmal mißlang. Manchmal meinte ich schon, mit den Zehenspitzen den Boden berühren zu können, da wurde ich wieder aufgehoben und über die Dächer weggetragen.
Dieser Traum, von dem ich jetzt glaube, daß ich ihn vielleicht doch erst im Westen zu träumen begann, verbindet mich mit der Wohnung in Plothow, dieser Traum und ein Bild, das ich von meiner Mutter im Gedächtnis behalten habe: Ich sehe sie in der Küche an der Nähmaschine sitzen, es ist spät, das Licht ist eingeschaltet, ihr Kopf ist über eine Näharbeit gebeugt, aber jedesmal, wenn sie von der Chaussee her ein Auto hört, tritt sie schnell ans Fenster und blickt hinaus. Sie wartet auf den Vater, der manchmal, wenn es spät wurde, mit dem Dienstwagen nach Hause gebracht wurde. Bevor sie sich wieder setzt, nickt sie mir zu, um mich glauben zu machen, alles sei in Ordnung, aber ich spüre, daß sie Angst hat, Angst, daß der Vater nicht nach Haus kommt, weil er vielleicht zur Parteileitung gerufen worden ist, um sich für etwas zu rechtfertigen, wovon ich nichts verstand, was in die Erwachsenenwelt gehörte und von mir ferngehalten wurde. Schließlich löscht sie die Deckenlampe, so daß nur noch das winzige Licht des Nähmaschinenlämpchens in der Küche ist, das sie nicht erhellt, sondern die Dunkelheit erst fühlbar macht, und rückt den Stuhl ans Fenster, um sich ganz aufs Warten zu konzentrieren.

Nur in Bildern wie diesem, notierte ich mir für den Artikel, hätte ich etwas von der Angst verspürt, die sie um den Vater ausgestanden habe. Damals freilich hätte ich rasch wieder vergessen, daß es auch Bedrohliches gab.

Und einmal (war es auch in dieser Nacht, in der wir im Wintergarten saßen?) habe ich dir erzählt, daß mir, wenn ich mich an die Häuser in Plothow erinnerte, nicht etwa zuerst das Haus einfiele, aus dem wir am Morgen weggegangen sind, sondern ein anderes, das Haus der Großeltern.

Das Wohnzimmer hieß die Stube und das Schlafzimmer die Kammer. Auf der Kommode lag eine Muschel, in der das Meer rauschte; an der Wand hing ein Ölbild, auf dem ein Schiff mit hohen Schornsteinen durch ein aufgewühltes Meer stampfte, und im Schrank, ganz hinten, lag eine Mandoline, die selten, fast nie hervorgeholt wurde und zwischen deren Saiten ein dünnes Hornplättchen steckte. In der Stube wurde erst Licht angemacht, wenn es draußen schon stockfinster war; lange herrschte in der Stube Dämmerlicht, das unmerklich abnahm, bis man plötzlich, wenn man aufstand und sich an den Gegenständen stieß, merkte, daß es Nacht geworden war.

Wenn ich noch einmal vor die Tür trat, spürte ich den kühlen Luftzug auf dem Gesicht; im Sommer roch es nach Kamille oder frisch geschnittenem Gras, und wenn Wind ging, wehte der Harzgeruch aus dem Kiefernwald herüber oder auch der dumpfe schwarze Geruch des Kanals; wenn ich lange genug da stand, hörte ich in der Ferne das Bellen eines Hundes, das von einem anderen Hund aufgenommen wurde; wie eine Stafette lief nachts das Bellen der Hunde von Hof zu Hof, von Dorf zu Dorf. Nachts war die Zeit der Hunde; wenn ich hörte, wie ihr Bellen über die Dörfer lief, konnte ich mir vorstellen, daß alle Hunde des Landes miteinander in Verbindung standen und Nachrichten austauschten, daß sie vielleicht die einzigen waren, die über alle Geheimnisse in allen Dörfern und Städten des Landes Bescheid wußten. Wenn dann eine lautlose Bewegung in der Luft war, wußte ich, daß die Fledermäuse mit den Drachenarmen und den langen Krallen unterwegs waren, trat schnell zurück ins Haus und legte den Riegel vor.

Der Großvater war der Breite mit dem geschorenen Schädel, er trug Hosen aus festem Manchestercord, die Lederflicken an den Taschenecken hatten, damit sie nicht ausrissen, wenn er Fernglas, Kompaß und Anker einsteckte, denn er war ein Schiffer, der alle Flüsse kannte, alle Flüsse und alle Kanäle. Wenn wir den Uferweg gingen, blieb er plötzlich stehen und sagte: Hier hat der Kahn jelejen, wenn ick ma zuhaus war, jenau hier, wo die Eisenringe sind, ham wer festjemacht. War ein schöner Kahn, hättste mitfahrn können inne Ferien. Alle sind se mitjefahrn, deine Mutter, als sie kleen war, deine Großmutter, als deine Mutter noch im Teich war, dein Vater, als er mit deiner Mutter verlobt war. Alle warnse aufm Kahn. Aber nu is er wech, fährt die Wolga hoch und runter oder is auseinanderjeschweißt. Und ick? Ick trink jrünen Pfefferminzlikör und steck den Kopp int Radio.
Wenn ich in die Stube trat, sah ich ihn vor dem grünen

Kontrollauge des Radios sitzen, um in die Welt hineinzuhorchen. Er war ein Schiffer ohne Kahn, der ein Radiohörer geworden war, während die Großmutter die Eule war, die nachts ihre Kreise über dem Kiefernwald zog und tags mit dicken Gläsern vor den Augen auf dem Rad zur Kanalinsel fuhr, um Wieks Kühe zu melken. Wenn sie zurückkam, tastete sie nach der Tischkante und stellte die Aluminiumkanne ab.

Der Tisch war der Tisch, auf dem Schlackwurst und Speckseite lagen; das Ticken war das Ticken der Standuhr, die mit dem Libellenflügelschlüssel aufgezogen wurde; das Fenster war das Fenster zur Holzmiete hin, an dem der Junge saß und in die Dämmerung schaute; die Gespräche waren die Gespräche der Erwachsenen, in denen das Beil im Hoflag, das Beil mit den im Blut festgetrockneten Haaren, und die Gespräche über den Nachbarn, der in den Westen getürmt und zurückgemacht war, der am Gartenzaun stand, als sei er nicht weggewesen, wieder verschwand und wieder zurückkam.
Wie war es möchlich, daß er wechmachte und wiederkam und nich einjesteckt wurde? Da stimmte doch was nich, um den war doch was Windiges, jenauso jut, wie er im Westen jewesen sein konnte, konnte er in Bautzen jesessen haben, und wenn er da so schnell wieder rauskam, hielt man sich besser nich so eng mit ihm.
Vielleicht tat man ihm unrecht und mußte ihn eines Tages vom Dachbalken schneiden, weil er es nicht ertragen hatte, daß Gerüchte über ihn im Umlauf waren und alle ihn mieden. Aber, Herrjott, das war dann nich zu ändern.

Und Wiek? Wiek war der Bauer auf dem Leiterwagen mit den hohen, eisenbeschlagenen Rädern, die tiefe Furchen in die Wiesen gruben. Die Lederriemen, die er in den Händen hielt, waren abgegriffen und speckig, und an den Rändern war schon das Fasrige, Stumpfe der Tierhaut zu sehen. Er schob die Schirmmütze in den Nacken und rief: Wie isset, Karsten?

Von allen erzählte ich dir in dieser Nacht. Als wir aufsahen, war es hell geworden. Es tropfte auf die Blätter vorm Fenster. Du gingst in die Küche, und während ich hörte, wie du Wasser in den Kessel laufen ließest, kam Christine herein, von der ich zu erzählen versäumt hatte, und sagte: Ick soll dir zur Schule bringen, weil et regnet. Jetzt? Ja, jetzt.

Und so gingen wir los. Ich war, als wir wegfuhren, schon mindestens so groß wie sie, obwohl sie über achtzehn war und alle Filme sehen durfte.

Christine, wat jibt et im Kino? Erzähl ick dir nich, biste zu kleen für. Hamse sich jeknutscht? Erzähl ick dir nich. Christine, wie jeht det: Banane, Zitrone, anne Ecke steht n Mann? Christine, et wackelt so unter deim Kleid. Christine halt n Schirm grade, et troppt mir innen Nakken. Christine, erzähl mir n Film.

Handelt von eim kleen Mädchen, det soll in die Stadt, weil et bei seim Opa lebt, der alt und krank is. Et will aber nich, will lieber bei seim Opa bleiben. Und is et nu in die Stadt? Is et schon. Und dann? Dann is et wieder zurück. Und det war allet? Nu ja, dann war der Film aus.

Als du aus der Küche kamst mit dem Tablett, auf dem Kanne und Tassen standen, war ich schon zurück und Christine wieder verschwunden, denn sie war die Eilige, die Fußgängerin, die nirgends ankam. Ihre Beine waren kurz und stämmig; ihre Füße steckten in Wollsocken, die sie über die braunen Frauenstrümpfe zog, die ihr die Mutter geschenkt hatte; sommers wie winters ging sie in derben Schnürschuhen, die von ihren endlosen Wegen, die sie in großen Schleifen durch die immer gleichen Straßen führten, ganz krummgetreten und verschmutzt waren. Die Mutter ließ sie kommen, wenn sie große Wäsche machte, damit sie ihr half, oder schickte sie mit dem Schirm los, wenn es regnete, um mich von der Schule abzuholen.

Du stelltest das Tablett ab, setztest dich wieder hin und sagtest: Weiter.

Erfindung, höre ich dich rufen, alles Erfindung.

Und doch erinnere ich mich, daß ich dir von allen erzählt habe, von Christine, der Eule und dem Breitschädel, von den Fledermäusen und Hunden, von Wiek auf dem Leiterwagen, der Mandoline und dem Geruch des Kanals. Mittlerweile war es richtig hell geworden, die Katze, die in der Nacht draußen herumgestreunt war, sprang aufs Fensterbrett, stieß mit dem Kopf gegen die Scheibe, begehrte Einlaß. Und bevor wir aufstanden, um sie hereinzulassen, sagte ich, daß ich, in Wildenburg angekommen, nichts mehr gewußt hätte, von nichts und niemand. Daß es war, als sei alles in einem tiefen Brunnenschacht versenkt worden.

Was ist das, das macht: Pakete schnüren, Koffer packen, Kind belügen, Freunde stehlen, Spielplätze zerstören, Stuhl und Tisch allein lassen, Wohnung abschließen, weggehen?

Ging aber einer um, der Unruhe hieß. Geisterte durch die Gespräche, die das Kind belauschte. War der Mann, der den Bauern Wiek in die LPG zwang. War der Ledermantelmann unterm Fenster. War es, der die Parolen schrieb und wieder durchstrich. War es, der die Regale im Konsum füllte und der sie leerräumte. Der das Auto mit dem Vater anhielt und weiterwinkte. War der Schatten hinter der Tür zur Parteileitung. Man sah ihn nicht, hörte ihn nicht. Und sah ihn an jeder Ecke, hörte ihn noch im Schlaf. Hieß Unruhe und Ruhe, Weggehn und Bleiben. War alles und von jedem das Gegenteil.

Und ein anderes Mal, nicht an diesem Tag, und dennoch gehört es hierher, ging ich in die Straße in Westberlin, in der die Tante der Mutter gewohnt hatte. Der Fluchttag lag schon Jahre zurück, und ich wollte das Haus wiedersehen, in dem wir zu Besuch waren, wenn wir nach Westberlin gefahren waren. Von Plothow aus brauchte der Zug nicht länger als eine Stunde, in Friedrichstraße stiegen wir in die S-Bahn um. Die Tante lebte nicht mehr. Ich wohnte schon eine Weile in der Halbstadt, suchte auf dem Stadtplan die Straße und fuhr am Nachmittag los. Ich fand das Haus sofort, es hatte sich nicht verändert, noch immer verlief die Spur der Maschinengewehrgarbe schräg zwischen den Fenstern hindurch; die Tür zum Kohlenkeller, die neben dem Eingang lag, war zugenagelt. Ich trat ein, stieg die

Treppe hoch, las das fremde Namensschild, lauschte einen Augenblick an der Tür und ging dann, wie ich gekommen war, zurück; bald stieß die Straße auf die Potsdamer, und erst da merkte ich, daß sie in einem Nuttenviertel lag, daß die Bilder vom Westen, die ich bis zum Fluchttag im Kopf gehabt hatte, aus dieser Straße stammten, die in diesem Viertel lag. Ich versuchte, die Straße zu sehen, wie ich sie damals gesehen hatte, aber es gelang mir nicht. Aus den offenen Türen der Bars drang Musik, die Mädchen lehnten in den Hoteleingängen, ich ging an ihnen vorbei, aber nach einer Weile kehrte ich um und folgte einer die Treppe hinauf. Sie wusch sich hinter einem Paravent, während ich, plötzlich hilflos, mitten im Zimmer stehenblieb.

Aber am Morgen dieses Tages, an dem mich die Mutter geweckt hat, fuhren wir nicht nach Westberlin, sondern in die andere Richtung, in den Westen, und als wir dort angekommen waren, färbte sich ihre Haut dunkel, begann sie sich blutig zu kratzen, legte sie sich hin und starb.

Es war noch dunkel vorm Fenster, als sie mich weckte. Die Stulle lag schon geschmiert auf dem Holzbrettchen, die Milch dampfte schon in der Tasse. Der Großvater klopfte an der Verandatür, der Handwagen stand unter ihm am Fuß der Treppe; die Großmutter lehnte am Küchenschrank und sagte, als sie die Mutter herumhantieren hörte, daß sie alles stehen lassen solle, aber die Mutter wusch das Brettchen ab, spülte die Tasse, trocknete sie ab, stellte sie in den Schrank, machte das Bett des Jungen, machte ihr Bett, breitete die Steppdecke darüber, zog sie glatt, tat alles, damit es von ihr später, wenn die Wohnung mit dem Dietrich aufgeklinkt würde, nicht heiße: die Schlampe; wollte den Ledermantelmännern zeigen, in was für ein ordentliches Haus sie einbrachen, meinte vielleicht, daß sie dann mit größerer Achtung die Schubladen aufrissen und durchwühlten, als sie es sonst getan hätten.

Aber am Tag vorm Abend vorm Morgen der Abreise, war da nicht noch alles in Ordnung? Mit dem Fahrrad zu Wieks, Milch holen, Vorderrad zwischen die Knie klemmen und Lenker geradebiegen, Reifen aufpumpen, als gings auch am nächsten Tag noch zu Wieks, am übernächsten, alle Tage, über den Sandweg, durch das Kiefernstück, durch den Harzgeruch, durch das Bienengesumm in den Lupinen.

Und einer muß als letzter das Haus verlassen haben, als letzter die Verandatreppe hinuntergegangen, als letzter durch die Gartentür getreten sein. Aber vorher?

Vorher haben wir in der Küche gesessen. Als wir aufstanden, berührten wir uns an den Armen, so eng war es plötzlich. Und so leise, daß man hören konnte, wie die Ärmel aneinanderrieben. Da war es gar keine Küche mehr, sondern eine Grabkammer. Die Stühle blieben darin, der Tisch, der Schrank, die weggeschlossene Tasse, das weggelegte Messer, die abgeschnittene Brotrinde, die Luft, auch die Luft blieb zurück. Alles blieb so, wenn man die Tür zuzog, und würde sich nie mehr verändern. Dann haben wir die Koffer aufgenommen und sind hinausgegangen, durch die Veranda in den Garten, durch den Garten auf die Straße, durch die Straßen zum Bahnhof.

Aber vorher mußten die Koffer auf den Handwagen, der große Reisekoffer mit den Holzleisten und der kleine Lederkoffer, den ich trug, und als ich ihn hochhob, um ihn auf den Wagen zu stellen, bekam er die Narbe, die ihn unterscheidbar machte von allen anderen Koffern.
Paß doch auf, Karsten, rief die Mutter. Was is denn, rief die Großmutter, die durch ihre Brillengläser nur hell und dunkel unterscheiden konnte. Was is denn? Der kleine Koffer, antwortete die Mutter, er hat ihn am Nagel langgeratscht.

Und in Anzio dachte ich zum ersten Mal, daß es Zeit sei, sich von ihm zu trennen. Dabei hatte ich ihn erst kurz zuvor wieder hervorgekramt. Jahrelang war er nicht benutzt worden; er hatte alle Umzüge mitgemacht, um danach wieder auf einem Dachboden, in einem Keller, im Abstellraum einer Wohnung zu verschwinden und Staub anzusetzen.
Der Hotelmanager hatte nur einen Schritt nach vorn getan, ins Zimmer hinein, und war dann stehengeblieben, seine Hände flatterten wie Vögel durch die Luft. Auf dem Blatt, auf dem ich den Brief angefangen hatte, stand noch nichts als das Datum, das Datum des Fluchttages, das ich von der Zeitung abgelesen hatte. Ich klappte den Block zu, verstaute ihn in der Jacke, die über der Stuhllehne hing, und stand auf. Der Hotelmanager, der einen halben Kopf kleiner als ich war, verfolgte ängstlich jede Bewegung, die ich machte, als rechnete er damit, daß ich mich plötzlich wieder setzen und doch noch weigern könnte auszuziehen. Meine Sanftmut, mein Schweigen waren ihm un-

heimlich, ich spürte es. Er sah mich mit großen, ungläubigen Augen an, als ich den kleinen Koffer vom Bett nahm und hinausging. Erst als wir die Treppe hinabstiegen, fiel die Angst von ihm ab, er begann, um mich herumzuspringen und, nachdem er vorher italienisch gesprochen hatte, deutsch auf mich einzureden. Er kenne Deutschland, rief er, er kenne es, o was für ein schönes Land. Da er keinen Schritt von meiner Seite wich, gingen wir zusammen durch die Halle; die Tür zum Ballsaal, die offengestanden hatte, war jetzt bis auf einen Spalt zugezogen, und als wir am Ausgang angelangt waren, sagte er, ich solle ins Miramar gehen, dort sei sicher ein Zimmer frei. Soll ich ein Taxi bestellen, rief er, ein Taxi? Ich überlegte einen Augenblick und schüttelte dann den Kopf.

Es war gegen halb sechs am Abend, als ich hinaustrat. Zwischen den Betonplatten, mit denen der Weg zum Strand ausgelegt war, wuchs dünnes Gras, einige Platten waren zerbrochen. Ich ging den Weg hinunter. Nach einer Weile hörte ich, daß im Hotel die Musik wieder einsetzte, und als ich mich umdrehte, sah ich den Engländer, an dessen Tisch ich meine Tänzerin zurückgebracht hatte. Er bog eben, mit den Armen fuchtelnd, auf den Plattenweg ein. Als er sah, daß ich stehenblieb, lief er langsamer, und als er fast heran war, rief er: Sorry, Sir, sorry! Aber das habe er nicht verlangt, daß ich ausziehen solle, nur daß sie allein sein wollten an diesem Tag, das habe er dem Hotelmanager gesagt. Because we have lost so many good friends.

Nachdem wir den Weg verlassen hatten, stapften wir schweigend nebeneinander her. Der Sand war feucht und blieb an unseren Schuhen haften. Vom Wasser her fegte der Wind in kurzen scharfen Böen heran und wirbelte sein Haar auf, dünnes graues Haar, das sorgfältig über den Kopf verteilt war; es flappte kurz auf und legte sich dann wieder glatt an seinen Kopf. Die ganze Zeit wehte vom Hotel her die Musik herüber. Nachdem wir schon ein Stück gegangen waren, faßte er meinen Arm, und als er mich zum Abschied zu umarmen versuchte, roch ich seinen Weinatem. Er schlang die Arme um meinen Hals, ich spürte seinen heißen Atem, er schnitt mir wie ein Messer ins Ohr. Ich machte mich von ihm los und sah ihm nach, wie er über den Strand zurückging. Der Wind beulte sein Jackett aus, seiner Hosenbeine flatterten. Er ging schräg, gegen den Wind gestemmt.

Für den Artikel notierte ich, daß es mir später, wenn ich an den Morgen der Abreise dachte, vorkam, als sei ich erst auf der Brücke erwacht, als sei ich das Stück davor noch halb im Schlaf gegangen, und daß ich, wenn ich in der anderen Stadt in meinen Wachträumen den Weg zurückging, immer nur bis zur Brücke gehen mußte. Wenn ich sie überquert hatte, diesmal in der umgekehrten Richtung, war der Wachtraum zu Ende. Erschöpft vom Zurückwünschen, konnte ich mich ins Gras sinken lassen, ins Gras des ehemaligen Schloßparks, der hinterm Kanal begann. Nie mußte ich, um mich wieder zu Haus zu fühlen, zurück bis in unsere Wohnung. Daß es war, als sei der ganze Ort unsere Wohnung gewesen und das Gras hinter der Brücke mein Bett.

Aber an diesem Morgen, was war an diesem Morgen? An diesem Morgen gingen wir hinter dem Handwagen her, den der Großvater zog, seine Hände waren um die Griffe gespannt, die Räder rumpelten über das Kopfsteinpflaster, knirschten über den Sandweg im Park, rasselten über den Asphalt der Chaussee, die Koffer wankten, im Holzgestell aneinanderklappend, hin und her, und als wir auf der Brücke angelangt waren, hörten wir die Fahrradfahrer den Hang hochächzen, hörten das Knacken der Ketten, wenn sie fest in die Pedale traten, das Klacken der Taschenschnallen gegen den Lenker.

Wohin so früh, riefen sie, als sie uns überholten. Wohin so früh mit die vielen Koffers? Werdet doch nich wechmachen?

Machen an die Ostsee, rief der Großvater zurück.

An die Ostsee, rief der nächste, der seine Worte gehört hatte, um die Jahreszeit? Sind doch jar keene Ferien.

Sie zogen einer nach dem anderen an uns vorbei, wie ein Vogelschwarm, eine Kette von Flugenten, die sich knakkend, klackend auf der anderen Seite der Brücke in die Tiefe stürzte.

An die Ostsee, dachte ich. Kuckste da übert Wasser, meenste, du brauchst dir bloß auf die Zehenspitzen stellen, und schon könntste Amerika sehn. Da brauchste aber Zehenspitzen so lang wie der Wasserturm. Länger. Und et reicht trotzdem nich. Nie und nimmer.

Ich ging gleich hinter dem Handwagen – hinter mir die Mutter, die Großmutter, beide eingehakt, leise miteinander redend – und ließ die Hand über das Geländer schleifen, sie sprang wie ein flach ins Wasser geworfner Stein über die runden Schraubenköpfe. Vom Kanal her zog es feucht herauf. Warum war es so still, nachdem uns die Radfahrer überholt hatten? Weil se noch nich arbeiten uff der Werft, sonst is hier doch een Jekloppe. Als es brückab ging, rollte der Handwagen von allein, stieß dem Großvater in die Kniekehlen, sagte die Mutter: Karsten, pack an! Und die Großmutter: Kann er nich neben mir jehn? Biste da, Karsten? Jeh mit deiner Großmutter! Is die Sonne schon raus? Nee, wa? Junge, wat denkste?

Im Mai fahrn wir weg, im Juni kommt der Rummel aufn Wasserturmplatz, im Juli kannste im Kanal baden, im August fängt im alten Kanalarm das Wasser zu blühn an, im September pflücken sie Pflaumen im Garten, im Oktober Nüsse, wovon et braune Hände jibt, im November klatscht der Regen gegen das Fenster von meim Zimmer, im Dezember riechts im Haus nach Asche ausn Kachelöfen, im Januar bricht wer beim Schlittschuhlaufen ein und treibt unterm Eis weg, im Februar schmecken die Zapfen an den Regenrinnen nach Eisen, im März kratzen die Krähen in den Ackerfurchen, im April willste kurze Hosen anziehn und darfst nich. Dann is schon wieder Mai und ein Jahr um.

In den Pappeln auf dem Uferweg, dem Weg zur Werft, war eine leise Bewegung, als striche jemand mit der Hand darüber, plötzlich, obwohl es ganz windstill war, beugten sich alle in eine Richtung. Wir waren schon fast am Fuß

des Brückenhangs angekommen, als ich mich noch einmal umdrehte, sah, wie sich die Pappeln in einer Richtung verneigten, und stehenblieb. Nicht, sagte die Mutter und schob mich weiter.
Junge, wat denkste? Wer die Hand auf die Pappeln legt, denk ick, wer mein Rad wohl kriegt, denk ick, det rote, det jrade erst repariert worden ist.

Nicht das blaue, das ich am Morgen, nachdem der Referendar seinen Kopf zur Tür hereingestreckt hatte, aus dem Ständer genommen habe. Das war auch ein gutes Rad, es hatte schon eine Gangschaltung und Handbremsen, während das rote noch keine Gangschaltung und keine Handbremsen hatte, sondern bloß einen Rücktritt, und dennoch war es besser als das blaue, auf dem ich auf den Tag genau ein Jahr danach durch die Stadt gekurvt bin, um die Gewißheit hinauszuzögern, die Gewißheit, daß sie gestorben war.

Nicht, hatte sie gesagt, als ich mich nach den Pappeln umgedreht hatte. Sieh dich nicht um! Und mich weitergeschoben, und als wir am Bahnhof angekommen waren, dem gleichen, durch den wir viele Jahre später gefahren sind, sagte sie: Wir fahrn bis Magdeburg und steigen dann in den Interzonenzug um. Wir haben nur ganz wenig Zeit und müssen uns deshalb beeilen. Wenn dich einer fragt, wohin, sagst du: in die Ferien, sonst nichts.
Sie sagte es so dringlich, so rasch, als hätte das Wenigzeithaben schon begonnen, dabei war der Zug noch nicht zu sehen.

Wir standen abseits, nicht da, wo die Männer standen, die uns auf der Brücke überholt hatten, nicht bei denen, die nur bis Brandenburg wollten, zur Arbeit, und am Abend zurückkamen, mit leeren Brotbüchsen in den Taschen, die sie wieder an den Fahrradlenker hängen würden, um über die Brücke zurückzufahren, sondern am Ende des Bahnsteigs, wo fast keiner steht, und das Gepäck, auch der kleine Koffer, war ganz nah an den Zaun gerückt, damit keiner merkte, daß es so viel war, viel mehr als für zwei Wochen Ostsee, obwohl es ja auffallend genug war, daß wir uns abseits hielten, denke ich heute, wenn ich durch den Bahnhof fahre, denn sie stehen doch fast alle unterm Dach, vor der Tür zur Wartehalle, und nicht hinten am Zaun, schon beinahe an der Schranke, an der ich Christine noch einmal sah, die Fußgängerin, mit meinem Rad, dem roten. Sie kam fast nie über den Kanal, denn jenseits des Kanals begann für sie schon die Fremde.
Aber an diesem Morgen, an dem wir in den Westen fuhren, sah ich sie noch einmal an der Schranke, an diesem Tag hatte sie den Weg geschafft. Und wenn ich von den Kindern träume, ist es so, daß sie manchmal dabei ist und manchmal nicht.

Der Westen? rufen sie. Der Westen is nüscht, nur ne Vorstellung. Westen ist da, wo die Zündplättchenpistolen herkommen und die Nietenhosen, die die jroßen Jungen anham. Westen is da, wo die Fluchzeuje hinfliejen, die so kleen am Himmel sind, daß de denkst, wern alle drin zerquetscht. Westen ist da, von wo se her die Kartoffelkäfer abwerfen über unsere Äcker, damit wer nüscht zu futtern ham. Der Westen is neonjrün, den jibts jar nich. Sie stehen immer, in jedem Traum, auf der Böschung über der Kleinbahn, und immer muß ich von unten zu ihnen hinaufrufen, wenn ich ihnen antworten will. Während Christine etwas abseits steht, unten auf der Chaussee oder mitten auf den Gleisen. Aber sie sagt nichts, sie steht nur da, den Kopf tief zwischen den Schultern. Christine, sach wat!

Und einmal war ich an diesem Tag wirklich im Westen, so weit, daß ich glaubte, weiter ginge es nicht, ohne ein Schiff zu nehmen und über den Atlantik zu setzen. Aber das wäre ja dann kein Westen mehr, weil der Standort verlorenginge, von dem aus man ihn bestimmt.

Ich war mit dem Bus nach Galway gefahren, hatte mich einen Nachmittag, einen Abend lang in der Stadt herumgetrieben und war am nächsten Morgen auf die Fähre gegangen, die zu den Arans auslief, nach Inishmore, der größten der Inseln. Auf der Überfahrt sah ich zwei Sonnen, die eine auf der Backbord-, die andere auf der Steuerbordseite des Schiffs, und beide gingen drei Stunden nach der einen in Plothow und Wildenburg unter.

Aber an diesem Morgen, an dem wir am Zaun standen, neben den Koffern, gab es nur eine Sonne, sie brach plötzlich aus dem Dunst über den Gleisen, und nun mußte man blinzeln, wenn man in die Richtung gucken wollte, in die Richtung von Berlin, aus der der Zug kommen würde. In der Luft war, von der Bahnhofsallee her, der grüne Geruch der Kastanien; sie blühten noch nicht, und als ich sie eine Woche später in Wildenburg blühen sah,

denn auch dort gab es Kastanien, war es mir nicht wie ein Trost, sondern wie blanker Hohn.
Nu laß uns wiedersehn sajen, sagte der Großvater, glotzen ja schon die Leute. Und da war er wieder der Breitschädel mit den harten Händen, und nicht mehr der mit dem gebuckelten Rücken und den wäßrigen Augen, der er auf den Herweg gewesen war.
Tatsächlich glotzten die Leute herüber, zu uns, der Gruppe mit den Koffern, die hinten am Zaun stand, und wenn ich heute einen am Bahnsteigende sehe, wo sonst keiner steht, denke ich, was es wohl ist, das ihn so weit hinausgetrieben hat, so weit weg von den anderen, die in der Mitte stehen, unterm Dach, und versuche, ihn unauffällig im Auge zu behalten. Und denke noch an ihn, wenn ich schon weiter bin, wie an den Mann in Kilronan, dem Hafen von Inishmore, der mir gleich auffiel, als ich vom Schiff kam, obwohl das ja gar nicht auf einem Bahnsteig war, sondern auf einer Pier, oder besser: ein Stück hinter der Pier, und obwohl er nicht allein war, sondern bloß für sich.

Die Fähre hatte eben angelegt, und nachdem ich an Land gegangen war, sah ich ihn in einer Betonmuschel sitzen, die gegen den Regen aufgestellt war, ihn, die Frau und das Kind. Sie fielen mir auf, weil sie in dem Trubel, der nach dem Anlegen auf der Pier herrschte, für sich, eine Muscheleinheit bildend, auf der Bank hockten. Alles lief durcheinander, von überallher drängte es auf die Fähre, die Kaufleute, die das Abladen ihrer Waren überwachten, schrien herum, ein Motorrad knatterte. Sie aber saßen still, fast teilnahmslos, ein wenig abseits. Der Mann mochte in meinem Alter sein, er malte mit einem Stöckchen Kreise in den Sand, und das Kind, ein Mädchen, klammerte sich an den Arm der Mutter. Obwohl es ganz offensichtlich war, daß er zu ihnen gehörte, hatte er sich doch von ihnen entfernt. Als er den Kopf hob, glaubte ich einen Augenblick lang, ihn zu kennen, und wollte auf ihn zugehen, aber als er sich gleich wieder vorbeugte und weiterkritzelte, stieg ich die Straße hoch und fragte im ersten Hotel, das ich sah, nach einem Zimmer.

Auch in der ersten Nacht im Westen haben wir in einem Hotel gewohnt. Neben dem Eingang hing ein rundes Coca-Cola-Schild, eine steile Treppe führte zu unserem Zimmer hinauf, und am Morgen, am Morgen nach der ersten Nacht, stürmte ich die Stufen hinab auf die Straße, um mir alles anzusehen. Später glaubte ich, ich sei gelähmt gewesen, aber noch später wußte ich, daß es nicht so gewesen war, daß die Lähmung erst nach einer Weile eingesetzt hat.
Du darfst dir das nicht als eine richtige Lähmung vorstellen, sondern nur als eine Lähmung der Sinne, als sei die Haut taub, als seien die Augen zugenäht, die Ohren verstopft, die Nase abgeklemmt, die Zunge ein toter Lappen.

Am Abend, nachdem ich mein Zimmer bezogen hatte, fegte ein Wind über die Insel, rüttelte am Fenster. Ich lag auf dem Bett, und plötzlich fiel mir ein, daß ich ein Telegramm aufgeben müsse. Ich stand auf, zog mich an, und als ich die Treppe hinunterging, erblickte ich den Mann, den ich in der Betonmuschel gesehen hatte. Die Rezeption war nicht mehr besetzt. Er stand an dem kleinen Tresen und blätterte in einer Broschüre, und wieder glaubte ich, ihn zu kennen, etwas an ihm kam mir bekannt vor, seine Haltung vielleicht, seine runden, hängenden Schultern. Als er mich bemerkte, klappte er die Broschüre zu, schob sie über den Tresen und wandte sich ab. Ich trat heran, schlug auf die Glocke, und das verkrüppelte Mädchen, das meine Anmeldung aufgenommen hatte, erschien in der Tür, es blieb gleich stehen und blickte an mir vorbei, und als ich mich umdrehte, sah ich, daß der Mann sich die Treppe hochwand, ja, er wand sich beim Gehen, als hätte er ein Hüftleiden. Er zog sich am Geländer hoch und kippte dabei von einer Seite zur anderen, das Mädchen, das einen Klumpfuß hatte und sich selbst nur mit Hilfe eines Stocks bewegen konnte, schaute ihm mitleidig nach. Bevor er aber im Treppenausschnitt verschwand, drehte er sich noch einmal um und sah mich an, und obwohl es nicht sehr hell war, erkannte ich, daß der Blick, den er mir zuwarf, voller Haß war. Auch das Mädchen hatte es bemerkt und starrte mich erschrocken an.

Der Zug, der uns wegbrachte, sah aus wie alle Züge damals, schwarz und rußig, er hielt mit schrillen, kreischenden Rädern, in einer Wolke aus Dampf und Rauch. Und die Abteile waren die großen Abteile, die von einer Wagentür bis zur anderen reichten, mit Holzbänken und Gepäcknetzen über den Sitzen, in denen nur eine Tasche und ein Koffer Platz hatten, die Tasche und der große Koffer, nicht aber zugleich der kleine, mit dem ich später reiste, der wurde nicht ins Netz gewuchtet, sondern blieb neben der Sitzkoje im Gang stehen; die Mutter hielt, nachdem sie sich gesetzt hatte, die Hand darüber, wie um ihn zu schützen, denn beim Ein- und Aussteigen war ein Gedrängel und Geschubse an den Türen, in den Gängen, bei dem er nach dem Nagelriß, den ich ihm beigebracht hatte, leicht noch eine Schramme von einem Fußtritt hätte abbekommen können.

Die Eule und der Breitschädel standen nicht mehr am Zaun, aber auch nicht nah am Zug, sondern da, wo wir uns verabschiedet hatten, auf halbem Weg dazwischen, untergehakt; sie blickte mit blinden Augen in die Richtung, in der sie uns vermutete, tupfte mit dem Taschentuch, das sie in der Hand verschlossen hielt, gegen die Nase, und er, er hatte einen schmalen, harten Mund bekommen, als hätte er in der Frühe vergessen, das Gebiß einzusetzen. Als der Zug anruckte und davonglitt, drehte er ihm den Kopf nach, während sie weiter geradeaus guckte, dahin, wo schon andere Abteile vorbeirollten. Der Zug schlich sich davon, und gleich nachdem er den Bahnhof verlassen hatte, sah ich Christine. Wir fuhren an der heruntergelassenen Schranke vorbei, an der die Leute, die zur Frühschicht wollten, zu den Waschmittelwerken oder zur Großgärtnerei, warteten, fast alle mit Rädern, sie stand ganz vorn an der Schranke, in der ersten Reihe, mit meinem Rad. Sie hielt es nicht wie ich, wenn ich abgestiegen war, mit einer Hand am Sattel, sondern mit beiden Händen am Lenker, da, wo die Hände hingehörten, wenn man fuhr, so daß sie sich strecken mußte und ihr kurzer Hals, auf dem der Idiotenkopf saß, lang vorgereckt war. Ich erkannte sie sofort, denn der Zug schlich noch, er

schlich sich aus dem Bahnhof, aus der Stadt. Und ich erinnere mich, daß ich dir erzählt habe, wie ich rief: Wat macht die damit? Wat macht die mit meim Rad? Und daß ich, als die Mutter winkte, daß ich still sein solle, gedacht habe: Soll sich det Jenick mit brechen, det Jenick.
Wat hat er denn, der Junge, mischte sich der Mann auf der Bank neben uns ein. Ich habe sein Rad verliehen, sagte die Mutter. Und er, der Trottel, der nichts begriff: Soll sich ma nich so ham, wa? Hat ja recht, sagte sie, hätte ihn vorher fragen müsse. Ja, hätte sie, dachte ich, und wat hieß hier verliehn! Aber Christine ist arm, erklärte sie später.
Det Jenick, dachte ich trotzdem, det Jenick.
Und einmal habe ich dir erzählt, daß ich geträumt habe, der Ort sei abgebrannt. Wohin ich sah, war Asche. (Aber es war der Ort, daran gab es keinen Zweifel.) Und daß ich mich, noch im Traum, damit einverstanden erklärte, weil es, wenn ich nicht mehr darin sein durfte, besser wäre, daß es ihn gar nicht mehr gab.

Der Zug rollte ganz langsam, das Fenster war noch offen, aber als er nach der Schranke Fahrt aufnahm, schob es der auf der Bank neben uns hoch, und nun waren wir in dem ruckelnden Käfig voller Zigarettenqualm und Schweiß wie in einer Blechbüchse eingenietet, denn die Fenster waren verklebt und zugeatmet, so daß kein Blick nach draußen ging, dahin, wo die Stadt versank. Die ganze Zeit hatte die Mutter ruhig, wie unbeteiligt dagesessen, den Kopf zurückgelehnt, leicht zum Fenster gedreht, noch als sie mit dem Mann gesprochen hatte. Aber jetzt, nachdem, ihr die Sicht versperrt worden war, sprang sie auf und wischte über die Scheibe, erst mit der Hand und dann, als es nichts half, mit dem Ärmel der Kostümjacke. Ich bin vorher oft mit ihr in der Bahn gefahren, nach Brandenburg, nach Berlin, an die Ostsee. Die Züge waren voller Ruß, und jeder zweite Satz, den sie gesagt hat, lautete: Karsten, mach dich nicht schmutzig, stütz dich nicht mit dem Ellbogen auf, der Ruß! Aber an diesem Morgen hielt sie mit den Fingerspitzen den Ärmel der Kostümjacke fest und wischte damit, mit dem ganzen Unterarm, über das Fenster. So groß ist ihre Angst, daß sie die Stadt nicht wiedersieht, dachte ich. Doch jetzt weiß ich, daß es ihr nicht darum ging, einen letzten Blick auf die Stadt zu werfen, sondern darum, sie mitzunehmen, daß sie sie mit den Augen aufessen und mitnehmen wollte. Vielleicht, denke ich, stieg in diesem Augenblick ein Bussard auf. Ich hätte es gern, daß in dem Augenblick, bevor sie sich wieder setzte, ein Bussard aufgestiegen und mit trägen Flügelschlägen über die Wiesen geflogen wäre und daß dies das letzte gewesen wäre, woran sie sich erinnert hätte.

Und daß es so vielleicht überhaupt das letzte Bild gewesen wäre, das ihr in den Kopf kam, ein Jahr danach, auf den Tag, ja, fast auf die Stunde genau. Daß es nicht das Bild dieses verdammten Talkessels mit den steingrauen Häusern war, auf den sie von ihrem Krankenhausbett aus blickte, sondern dieses Bild der Ruhe, der Weite, das ihr vielleicht die Angst nahm.

An diesem Morgen, an dem wir auf die Grenze zurollten, stand der kleine Koffer erst im Gang, und dann, nachdem

wir in den Interzonenzug umgestiegen waren, hob ihn die Mutter zu dem anderen, dem großen, ins Gepäcknetz. Die Bettbezüge, die Laken, die Handtücher, die Geschirrtücher, die Tischdecken, die Servietten, der Kristallaschenbecher, die Porzellanvase, das Besteck – alles war schon jenseits der Grenze, während wir noch diesseits waren, noch da. Hättest es doch merken müssen, hatte sie am Abend davor gesagt, hab doch dauernd Pakete zur Post gebracht, bis nach Brandenburg bin ich gefahren, um sie aufzugeben, damit es nicht auffiel. Nüscht hab ick jemerkt.
Das ist doch nicht möglich, sagtest du.
Und wenn ich es gemerkt hätte? Was dann?

Alles, was in den zurückliegenden Wochen aus den Schränken, aus den Zimmern verschwunden war, war schon jenseits der Grenze, aber die Stadt war noch da, das flache Land war noch da, der Wind darüber, der Wasserturm, der Kanal, Christine mit meinem Rad, der Handwagen mit dem abstehenden Nagel, die Stelle, wo der Kahn gelegen hatte, der Weg vom Kanal zum Haus, die Verandatreppe, der Garten, der Nußbaum, die Leiter darin, alles war noch da und blieb. Nur wir nicht, es war wie Sterben.
Und die Koffer? Was war in den Koffern im Gepäcknetz?
Das Tote war in den Koffern im Gepäcknetz, die Steine, die die Gelenke auseinanderziehen.

Und was du nicht verstanden hast: Daß Wälder später immer Kiefernwälder waren, Wege durch Wälder immer

Sandwege mit Fahrradspuren, Straßen immer Chausseen, daß Holzzäune immer nach Teer rochen, Pappeln immer Pappeln am Kanal waren, Milch immer nach der von Wieks schmeckte, Wind im Sommer immer den Geruch von Kamille trug. Und daß es, wenn es nicht so war, kein richtiger Sommer war, keine richtigen Pappeln waren, keine richtigen Zäune, keine richtigen Straßen, keine richtigen Wälder.

In Anzio war es an diesem Tag, am Nachmittag dieses Tages, an dem ich ankam, schimmelgrau, das Meer eine bleierne Tinte, obwohl es windig war. Merkwürdigerweise war es windig, und dennoch rührte das Meer sich nicht, sondern schlappte, bestenfalls, müde an den Strand. Nachdem der Engländer zur Siegesfeier zurückgekehrt war, stapfte ich noch eine Weile am Ufer entlang, nicht weil es mir Spaß machte, sondern in einer Art Trotz. Es gefiel mir, trotzig zu sein und mir vorzustellen, daß sie mich vom Ballsaal aus beobachteten. Als ich merkte, daß sie mich schon lange nicht mehr sehen konnten, kehrte ich um, kam wieder an dem Hotel vorbei, aus dem jetzt eine Polonaise herausdrang, und stieg dann, ein Stück weiter, zur Straße hoch, die in den Ort hineinführte.
Ich habe mir nicht gleich ein neues Hotel gesucht, sondern bin erst in ein Café gegangen, in eine Bar, in der ein Äthiopier bediente.
Signore, sagte er.
Un espresso.
Er hatte ein schmales, feingeschnittenes Gesicht, an das ich mich zwei Wochen später erinnerte, als die Frau schon

wieder abgereist war, an die ich gerade hatte schreiben wollen, als der Hotelmanager hereingekommen war und gesagt hatte, ich müsse ausziehen. Er hatte die gleichen feinen Gesichtszüge und eine ebenso dunkle Haut wie das Mädchen, auf das die Frau eifersüchtig wurde, nur daß das Weiße in seinen Augen rot war, während das Weiße in ihren Augen wirklich weiß war.

Ich nahm die Tasse, die er mir hinschob, setzte mich an einen kleinen runden Tisch und zog den Block hervor. Liebste, schrieb ich, wenn es dir möglich ist, komm! Als ich aufblickte, sah ich zwei Schwarze in blauen Overalls, die über den Platz irrten, der sich hinter dem Fenster erstreckte. Sie hielten den Blick gesenkt, blieben hier und da stehen, spießten Papierfetzen auf lange Eisenstäbe und steckten sie in einen Plastiksack, den sie hinter sich herschleiften. Die ganze Zeit über lief Musik; als ich zahlte, sah ich, daß sie aus einem kleinen Fernseher kam, der hinter dem Tresen stand.

Weiter, sagtest du im Zug, weiter.

Anzio, Anfang Mai, darfst du dir nicht als einen einladenden Ort vorstellen. Die Saison hat noch nicht begonnen, die Jalousien der Häuser, die nicht im Zentrum liegen, der neuen, villenartigen Häuser, sind heruntergelassen, die Straßen leergefegt. Nachdem ich gezahlt hatte, trat ich auf den Platz hinaus, warf den Brief ein, wanderte dann kreuz und quer durch die Stadt, bis ich genug davon hatte und zum Strand zurückging.

Es war, obwohl inzwischen Abend, hell, aber von jener Art Helligkeit, die wehtut, weil es eine gleichförmige,

schlammige Helligkeit ist, bei der die Augen dumm werden. Und es war windig, noch immer. So windig, daß es mir in den Ohren schmerzte, viel windiger als dann auf Inishmore. (Oder war Inishmore vorher?)
Ich stapfte also wieder am Ufer entlang und hörte wieder Musik. Seit ich in Anzio angekommen war, wurde ich von Musik verfolgt, von der Plattenmusik im Hotel, der Fernsehmusik in der Bar, dem Radiogedudel aus den Häusern in der Altstadt, und auch jetzt, wieder am Strand, hörte ich sie, eine plärrende Musik, die anschwoll und abebbte, und nachdem ich über einen Steinwall geklettert war, sah ich das Transistorradio, aus dem sie kam. Es stand auf einem umgekippten Boot, an dem zwei Jungen lehnten. Sie lehnten mit dem Rücken dagegen, zwischendurch bückten sie sich, hoben Steine auf (an dieser Stelle war der Strand mit Steinen übersät) und schleuderten sie auf einen Punkt am Wasser, und als ich herankam, sah ich, daß sie nach einer Möwe zielten, die auffliegen wollte, aber vom Wind, der vom Meer kam, auf den Strand zurückgedrückt wurde. Sie flatterte auf und wurde, kaum daß sie ein bißchen Höhe gewonnen hatte, auf den Strand zurückgeworfen, duckte sich, während die Steine neben ihr einschlugen, in den Sand, flatterte los, um ein Stück weiter wieder auf den Boden gerissen zu werden.
Heh, rief ich, seid ihr verrückt geworden. Und begann zu laufen. Ma che ti frega, Inglese, motherfucker, riefen die Jungen zurück und ballten die Faust.
Aber sie rannten weg, grapschten ihr Transistorradio, aus dem die ganze Zeit, während sie rannten, diese plärrende Musik drang, und verschwanden hinter dem Dünenkamm,

während ich weiterging, auf die Mole zu, die nicht weit von dieser Stelle ins Meer ragte.
Ja, höre ich dich rufen, die Mole. Weil du die Geschichte kennst, sage ich. Weil es die bessere Geschichte ist, sagst du.
Nein, noch nicht. Wir sind ja noch nicht einmal in Wildenburg.

Für den Artikel notierte ich, daß es mir später, nachdem ich von Wildenburg weggezogen war, mit der Erinnerung ähnlich gegangen sei wie mit der Erinnerung an Plothow; sie machte die gleiche Bewegung, nur andersherum, seitenverkehrt. Oder setzte sie die Bewegung fort?
So wie ich als erstes den Weg *zum* Bahnhof auftauchen sehe, wenn ich an Plothow denke, so taucht, wenn ich an Wildenburg denke, zuerst der Weg vom Bahnhof *weg* auf, als bestünde zwischen beiden Erinnerungsbildern noch immer ein Zusammenhang. Nie sehe ich mich, beispielsweise, zuerst in der Straße, in der wir gewohnt haben, in der Schule oder im Krankenhaus oder auf den Wegen, die ich mit der Freundin gegangen bin, sondern immer: wie ich mit dem Rücken zum Bahnhof stehe und auf den Platz hinunterschaue, den Bahnhofsvorplatz. Und nie sehe ich die ganze Stadt, sondern immer nur, wie wir, beladen mit der Tasche, den Koffern, durch die Unterführung gehen, die Treppe hochsteigen, die Halle durchqueren, durch die Flügeltür treten, aber nie, wie ich in die Stadt hineingehe, sondern nur, wie ich mit dem Rücken zum Bahnhof stehe, als zögerte ich, die Stufen hinabzugehen (denn das hieße ja anzukommen, und wäre Verrat), während die Mutter

nicht zögerte, auf der Treppe trennten wir uns, sie ging voran.

Es war dunkel, als wir aus dem Zug stiegen. Vor dem Bahnhof wartete das Auto, das uns in die Stadt hineinbringen und einen Tag später den Vater vom Flughafen abholen würde. Es war der gleiche Flughafen, auf dem die Maschinen landeten, die ich bei meinen Spaziergängen durch die Ebene in der Luft stehen sah, und der gleiche, zu dem ich Götz gebracht habe.

Auf der Karte, die er geschickt hat, schreibt er: Querido amigo, bei jeder Reise denke ich, das ist die letzte und vielleicht komme ich nie wieder, und dann komme ich doch noch mal.

Es blieb die einzige Karte, die ich von ihm bekam. Sie war in Santiago abgestempelt und stammte aus der Serie *Nuestro Chile,* das Foto auf der Rückseite zeigt ein zerstörtes Haus mit hohen, runden Fensterbögen, an dem ein Mann und zwei Frauen vorbeigehen, anscheinend in Eile, als liefen sie vor etwas weg. Eine der Frauen, die jüngere, trägt ein Kind, ein Mädchen, sie hält es mit dem Arm umschlungen und drückt seinen Kopf schützend gegen ihre Schulter, während der Mann eine Matratze hinter sich herschleift.

Die Mole, sagtest du, als ich dir von Anzio erzählt habe, die Mole.

Sie ragte hundert, vielleicht hundertfünzig Meter ins Meer hinein, links und rechts davon waren bis zur Hälfte dicke Felsbrocken aufgetürmt, zum Schutz gegen die Wellen.

Die ganze Zeit über, während ich herumlief – in die Stadt hinein, aus der Stadt hinaus, am Strand entlang –, hatte ich den Koffer dabei, den der Vater zu Beginn des Krieges in Polen gekauft hatte, den kleinen Lederkoffer mit dem Riß an der Seite. Kurz bevor ich nach Rom gezogen war, hatte ich ihn wieder eingereiht in die Gegenstände, die ich benutzte, weil es in Mode gekommen war, mit kleinen abgeschabten Koffern aus unverwüstlichem Leder auf Reisen zu gehen.

Damals verstand ich es noch zu reisen und nahm, auch wenn ich länger unterwegs war, nur das Nötigste mit, Wäsche zum Wechseln, ein zweites Hemd, eine zweite Hose, und wusch, was schmutzig geworden war, abends im Hotel. Der Koffer war also leicht, er behinderte mich kaum, und doch merkte ich, als ich nun wieder am Ufer entlangstapfte, daß er mir lästig zu werden begann. Nein, es war anders: Bevor ich auf die Mole hinaustrat, dachte ich gar nicht daran, daß ich ihn dabeihatte, so wenig beschwerte er mich.

Nachdem die Jungen weggelaufen waren, ging ich, gegen den wachsenden Wind, auf die Mole hinaus, und als ich am Ende ankam, da wo die Bohlen glitschig waren vor Nässe, hockte ich mich hin, wie um dem Meer näher zu sein. Hier draußen hatten die Wellen Schaumkämme, kleine Gischtfetzen wehten mir ins Gesicht; als ich mit der Zunge über die Lippen strich, spürte ich den scharfen, salzigen Geschmack. Während ich da hockte, hielt ich, wie die Mutter Jahre zuvor, die Hand über den Koffer und fühlte den Riß, den Nagelriß, der mit den Augen kaum noch zu erkennen war, und erst da fiel es mir ein, wie ein Blitz zuckte es mir

durch den Kopf, für die Winzigkeit eines Moments sah ich mich da hocken an diesem Tag, vor dem mir grauste, am äußersten Ende der Mole, die Hand auf dem Lederding, das gezeichnet war. O wie lächerlich, dachte ich, sprang auf, packte den Griff, schleuderte den Koffer aufs Wasser hinaus, so weit ich konnte, mit allem, was darin war, und sah, wie er sofort unterging.
Aber am nächsten Morgen hatte ich ihn zurück.

Wir wurden erwartet. Anders als das Mädchen, wegen dem die Frau von der Insel, der Insel nach Anzio, abgereist ist, wurden wir erwartet und mit dem Auto in die Stadt gebracht, zum Hotel, in dem ein Zimmer für uns reserviert war. Während das Mädchen, das Mariam hieß – nicht Maria, sondern Mariam – nicht erwartet wurde. Sie wurde nicht mit dem Auto abgeholt, sondern mußte sich ihren Weg bis zu dem Hotel, in dem wir sie trafen, selbst bahnen.

Der Vater hatte seine Freunde geschickt, von Berlin aus hatte er ihnen unsere Ankunftszeit mitgeteilt. Aber wurden wir am Bahnsteig erwartet oder erst an der Sperre? Ich sehe uns, die Mutter, die noch ein Jahr Zeit hatte – nein, nicht ganz, ein Tag war schon fast um, es war gegen Mitternacht, als wir ankamen –, und mich durch die Unterführung gehen und dann Arm an Arm, als fürchteten wir uns, die Treppe hinauf, die in der Bahnhofshalle endete, und glaube deshalb, daß wir erst an der Sperre erwartet wurden.
Warum das wichtig ist? Weil wir, bis die ersten Worte an

uns gerichtet wurden, noch für uns waren, weil die Flucht bis dahin noch nicht wirklich war, noch keine wirkliche Flucht. Weil wir bis dahin nur auf einer langen Reise gewesen waren, und es mir vorkommt, als hätten wir noch immer umkehren können. Erst mit der Begrüßung an der Sperre, als uns die Tasche, die Koffer abgenommen und wir durch die zugige Halle zum Ausgang geführt wurden oder vielleicht noch später, erst mit dem Augenblick, in dem wir uns entschlossen, die Treppe zum Auto hinabzusteigen (denn jetzt will es mir scheinen, als zögerte auch die Mutter) – erst da, als wir, die Mutter und die Fremden voran, zum Auto gingen, die beiden Koffer und die Tasche verstauten, als wir eingestiegen waren, als der Wagen losfuhr, in die dunkle Stadt hinein, da erst, denke ich jetzt, war keine Umkehr mehr möglich, waren wir angekommen, fing mit jeder Straße, in die wir einbogen, etwas Neues an, entfernte sich Plothow schneller, weiter von uns als während der ganzen langen Zugfahrt. Das Auto fuhr durch die Straßen, ich preßte die Nase an die Scheibe, aber es war so dunkel, daß ich kaum etwas von der neuen Stadt sah; das Graue verbarg sich noch hinter dem Nachtvorhang.

Sie brachten uns in ein Hotel. Ich habe dir erzählt, daß es das erste Hotel war, in dem ich übernachtet habe, und daß vielleicht alle anderen, die unzähligen, die ihm später gefolgt sind, nur dem einen Zweck gedient haben, dieses erste ungeschehen zu machen, wie auch die Reisen, ja, mein Beruf diesem einen Zweck gedient haben mochten, die erste Reise über die Grenze durch unendliche Wiederholung auszulöschen.

Eine Weile saßen wir noch, das Gepäck neben uns, mit den anderen, die uns hergebracht hatten, in einem großen, niedrigen Raum, dem Restaurant, das zum Hotel gehörte. Ein Kellner, der eine weiße Jacke anhatte, schlurfte von Tisch zu Tisch, sammelte Bestecke ein, nahm die Decken herunter. Als wir eingetreten waren, hatten auf allen Tischen noch weiße Decken gelegen, und als sich die anderen, an deren Gesichter ich mich nicht entsinne, verabschiedeten und gingen, lag nur noch auf dem Tisch, an dem wir saßen, eine Decke. Doch kaum waren wir aufgestanden, wurde sie heruntergezogen und zu den anderen geworfen, die schon neben dem Eingang zur Küche auf dem Boden lagen. Wir nahmen die Koffer, die Tasche und stiegen die Treppe hinauf.

Das Telegramm, das ich an diesem ersten Abend in Kilronan aufgeben wollte, sollte nur vier Worte enthalten: Im Juli nach Peru.

Nachdem ich von der Fähre gekommen war, hatte ich den Koffer ausgepackt und gemerkt, daß die Kleider feucht geworden waren, sie fühlten sich feucht an und rochen nach Stoff und Schweiß. Ich hatte sie über dem einzigen Stuhl und dem Tisch ausgebreitet, hatte mich aufs Bett gelegt, und plötzlich war mir eingefallen, daß ich Götz Bescheid geben müsse, die Bedenkzeit, die ich mir ausbedungen hatte, war verstrichen.

Er sollte nach Peru fahren und Fotos vom Bau eines Staudamms machen. Vor meiner Abreise hatte er gefragt, ob ich ihn begleiten wolle. Ich war hinuntergegangen und hatte an der Rezeption den Mann gesehen, der mir im

Hafen aufgefallen war, gleich nach meiner Ankunft. Er hatte sich abgewandt und war die Treppe hinaufgestiegen, auf den letzten Stufen aber war er noch einmal stehengeblieben und hatte mir diesen Blick zugeworfen, den ich nicht verstanden hatte. Das verkrüppelte Mädchen, das eben aus dem Zimmer getreten war, hatte ihn auch bemerkt und mich erschrocken angesehen.

Nachdem er verschwunden war, kam sie herangehumpelt, hängte den Stock an den Tresen, einen schwarzen Stock, dessen Griffende nach oben geschwungen war, und ich fragte, ob ich ein Telegramm aufgeben könne. Sie schüttelte, ohne ein Wort zu sagen, den Kopf. Ich sah sie an und dachte plötzlich, daß sie vielleicht gar nicht erschrocken geschaut habe, sondern immer so aussehc, daß sie gleichsam mit einem panischen Blick geschlagen sei, der von einem anderen tieferen Entsetzen herrührte, denn ihre Augen waren noch immer aufgerissen, und die Brauen lagen hoch, fast in der Mitte der Stirn, während ihr Mund klein war, winzig, ein Mündchen. Ich fragte nach der Post. Während sie mir den Weg beschrieb, hörte ich ihre Stimme, eine kleine, tonlose Stimme.

Ich machte mich auf den Weg, doch als ich vorm Postamt ankam, sah ich, daß es geschlossen hatte. Natürlich, es war ja schon spät, nach acht. Die Straße, an der es lag, führte aus dem Ort hinaus, ich wanderte weiter bis zu einer Stelle, von der aus Kilronan nur noch als eine Anhäufung von niedrigen Cottages zu sehen war, und als ich mich umdrehte und über das Meer blickte, glaubte ich in der Ferne die Küste von Connemara zu erkennen, die wie ein dunkler, drohender Strich dalag, und dachte, daß Synge den gleichen Anblick gehabt habe, John Middleton Synge, der Dichter von *Deirdre* und *The Playboy of the Western World,* der viermal auf den Arans gewesen ist und das Leben der Fischer und Bauern beschrieben hat.

Sie waren bloß Pächter, weder das Stück Land, das sie bewirtschafteten, noch das Haus, in dem sie wohnten, gehörte ihnen, und wenn sie den Zins, der jährlich erhoben wurde, nicht zahlen konnten, weil der Fang schlecht, die Ernte mäßig gewesen war, kam die Polizei, die Royal Irish Constabulary, von Galway herüber, um sie von der Insel zu holen. Als Synge gefragt hatte, wem die Insel gehöre, war ihm geantwortet worden, sie hätten nie etwas anderes gewußt, als daß sie einer Miß Sowieso gehöre, aber die sei längst gestorben.

Während ich nach Connemara hinüberblickte (jetzt glaubte ich auch, die Berge zu sehen, die Twelve Pins), dachte ich an die Geschichten, die ich bei Synge gelesen hatte, und eine Stunde später saß ich neben einem Mann, der sagte, er habe ihn gesehen.

Mit diesen Augen, sagte er und deutete mit den Zeigefingern beider Hände zugleich auf seine Augen, als wollte er sie mir zum Geschenk machen.

Er saß auf einer langen Bank, den Rücken gegen die Wand gelehnt. Ich war nach Kilronan zurückgekommen und in ein Pub gegangen, das an der Straße lag, die durch den Ort hindurchführte, an der gleichen Straße wie das Postamt, das geschlossen hatte. Er saß nicht allein da, sondern mit anderen alten Männern. Sie hockten wie auf einer Hühnerstange nebeneinander. Als ich eintrat, rückte er ein wenig von den anderen weg, das heißt: er schob sie, schob, bis ein Platz frei wurde, und winkte dann, und nachdem ich mich neben ihn gesetzt hatte, auf den Platz, den er frei gemacht hatte, beugte er sich vor und fragte, ob ich Synge kenne. Ja, sagte ich, und da sagte er, er habe ihn gesehen, und machte diese Bewegung mit den Fingern: Mit diesen Augen, mit diesen Augen.

Synge? fragte ich, und sah, wie die anderen Alten, die er beiseite gedrückt hatte, sich wieder heranschoben und blinzelten.

Dennoch, ich hockte mich vor ihn hin, um ihm ins Gesicht sehen zu können, während ich meine Fragen stellte. Wie alt er sei? Zweiundachtzig. Wo er Synge gesehen habe? In Killeany. Wo da? Er sei am Haus vorbeigegangen, mit der Kamera. Mit der Kamera? Ob ich die Fotos nicht kenne, die er gemacht habe, auch von ihm? Damals freilich (er kicherte) habe er noch ein Kleid angehabt. Ich dachte an das Fotoalbum, das ich in Galway gekauft hatte, und wußte, daß er log, daß er die Geschichte jedem erzählte, weil er das Album auch kannte, aber es störte mich nicht.

Ich hockte noch immer vor dem Alten, als die Musik einsetzte, das Gedudel und Gefiedel; auf der Schiefertafel, die im Garten neben dem Eingang lehnte, war angekündigt, daß am Abend Musik gespielt werden würde, Irish Folkmusic war mit Kreide auf die Tafel geschrieben. Ein Dudelsack heulte los, und als ich mich umdrehte, sah ich den Mann, der mir auf der Pier aufgefallen und dem ich später im Hotel begegnet war. Er stand am Tresen, ein Bierglas in der Hand, und blickte herüber, gleichgültig, wie es schien, und wieder dachte ich, daß ich mich getäuscht haben müsse, daß ich im Zwielicht auf der Treppe gar nicht hätte erkennen können, wie er geblickt habe. Als er merkte, daß ich ihn ansah, drehte er sich zu dem Dudelsackspieler um, der unbeweglich wie eine Puppe dastand, während seine Wangen aufgeblasen waren wie kleine Ballons.

Am nächsten Morgen, dem ersten Morgen in Wildenburg, wachte ich früher auf als die Mutter. Sie lag zusammengekrümmt im Bett, ein Arm war angewinkelt und, wie zum Schutz, über den Kopf gezogen. Ich stand leise auf, ging zum Fenster, schob den Vorhang zurück und blickte auf graue Schieferdächer, hinter denen, halbhoch, die Linie eines Waldes zu erkennen war, des gleichen Waldes, in dem später, nachdem die Mordserie eingesetzt hatte, der Briefmarkenhändler gefunden wurde.

Sie schlief noch, als ich mich anzog, aus dem Zimmer schlüpfte, die Treppe hinabsprang und durch das Restaurant, in dem wir in der Nacht gesessen hatten, ins Freie trat, auf die Straße. Nachdem ich ein Stück gegangen war, sah ich, daß das Hotel, in dem wir untergebracht waren, zwischen anderen Häusern eingezwängt war; die Straße war so eng, daß man sie mit wenigen Schritten überqueren konnte, und die Bürgersteige so schmal, daß man sich, wenn einem zwei entgegenkamen, an die Hauswand drükken oder auf die Straße treten mußte. Schräg gegenüber führte eine Steintreppe steil aufwärts, an ihrem Ende sah ich ein graues Haus und darüber eine hohe graue Mauer, als sei die Stadt zu dieser Seite hin gegen das dahinterliegende Land abgeschlossen.
Ich ging ein Stück in die eine, ein Stück in die andere Rich-

tung und kam an Fachwerkhäusern vorbei, an Häusern, die vom ersten Stock aufwärts mit Schieferplatten verkleidet waren; wenn ich die Augen zusammenkniff, sah es aus, als trügen sie einen Schuppenpanzer, andere waren, anstelle von Schiefer, mit helleren, aber ebenfalls grauen Eternitplatten beschlagen. Die oberen Stockwerke sprangen über das Grundgeschoß vor, so daß es aussah, als neigten sie sich über die Straße hinweg und würden gleich gegeneinanderkippen. In fast jedem gab es, zu ebener Erde, ein Geschäft: einen Haushaltswarenladen, ein Fischgeschäft, eine Drogerie, einen Hutladen, ein Fotogeschäft. Vor einem Spielwarenladen blieb ich stehen und sah die Zündplättchenpistolen, die zu Haus, in Plothow, verboten waren, in deren Besitz man nur durch viele kleine Tauschaktionen gelangte, weshalb sie, noch wenn sie kaputt waren, wie etwas Kostbares gehandelt wurden. Dies war, ich erkannte es an den Autos, den Schaufensterauslagen, dem runden Coca-Cola-Schild neben dem Hoteleingang, der Westen, aber es war nicht der Westen, an den ich gedacht hatte, wenn vom Westen die Rede gewesen war. Hier war alles verwinkelt, bröcklig, steingrau. Als ich nach oben blickte, sah ich den Himmel nur als einen schmalen Streifen zwischen den Häusern, die fast aneinanderstießen.

Für den Artikel notierte ich, daß ich mich später, nachdem die Lähmung gewichen sei, an diesen ersten Gang, immer mit dem Hotel als Mittelpunkt und Rückzugsort, in allen Einzelheiten hätte erinnern können. Daß ich noch jetzt das Geräusch im Ohr hätte, das die Gardinenrollen gemacht haben, als ich den Vorhang aufzog, das Scharren, und dann das Poltern meiner Schritte auf der Treppe, daß ich glaubte, noch immer das Chromblitzen der Autos in der engen Straße zu sehen, den Seifengeruch aus der Drogerie und den Fischgeruch aus dem Fischgeschäft in der Nase zu spuren, die Gerüche, die aus den offenen Türen gestiegen sind. Daß sich aber, sobald ich versuchte, mich zu erinnern, wie es weitergegangen sei an diesem Tag, in den Tagen danach, nur einzelne Bilder hervorschälten: der Vater, wie er in dem Auto sitzt, das ihn vom Flughafen abgeholt hat, wie er nach dem Türgriff tastet (und nicht findet) und der Fahrer sich über ihn beugt, um die Tür aufzuklinken; wie die Mutter gegen die Scheibe pocht; wie die Autotür, endlich offen, den Bürgersteig versperrt, so daß die Leute, die vorbei wollen, stehenbleiben müssen; wie ich mich gleichsam mit ihren Augen dastehen sehe und zu schämen beginne, weil ich glaube, sie könnten uns, während wir uns begrüßen, jede Regung vom Gesicht ablesen; wie ich deshalb unter mich schaue, auf das Pflaster, bis mich einer, der weiter will, beiseite rempelt.

Ich stand noch eine Weile am Ende der Mole und schaute aufs Wasser hinaus, dann ging ich zurück, hielt auf der Uferstraße ein Taxi an und ließ mich zum Hotel bringen, nicht zum Miramar, gegen das ich, ohne es zu kennen, eine heftige Abneigung gefaßt hatte, sondern zu einem anderen, an dem ich am Nachmittag vorbeigekommen war.

Es hatte eine große Halle, links und rechts vom Eingang standen Kübel mit Palmen, deren Blätter ausgefranst waren. Hinterm Tresen saß ein Mann in grauer Portiersuniform. Er kam um den Tresen herumgeschlurft, und wir fuhren zusammen im Fahrstuhl in den zweiten Stock. Er schloß das Zimmer auf, und ich sah, daß es wie das andere zum Wasser hinauslag. Als ich die Lampe neben dem Bett anknipste, fiel mir ein, daß die Bücher, in denen ich vorm Einschlafen las, im Koffer geblieben waren. Es war zu spät, um neue zu besorgen, deshalb bat ich den Mann, mir ein paar Zeitungen heraufzubringen. Die Vorstellung, nachts aufzuwachen und nichts zum Lesen zu haben, versetzte mich in Panik. Nach einer Weile klopfte er und reichte mir ein Fotomagazin und den *Paese Sera* herein, den ich schon kannte, ich hatte ihn auf der Fahrt nach Anzio im Bus gelesen, und nachdem er die Tür wieder zugezogen hatte, vermißte ich plötzlich auch meine Uhr, mein Taschenmesser und die Landkarten, die vor allem. Damals hatte ich die Angewohnheit, dauernd auf der Karte nachzusehen, wo ich war; es schien, als würden die Orte erst dadurch wirklich, daß ich ihre Lage genau bestimmen konnte. Aber die Karten, die Uhr, ein kleiner Wecker, den ich in Rom gekauft hatte, und das Taschenmesser waren im Koffer geblieben, dazu ein Brief der Frau, an die ich am Nachmittag geschrieben hatte, alles war mit dem Koffer untergegangen. Und als ich am nächsten Morgen aus der Bar zurückkam, in der ich gefrühstückt hatte, sah ich ihn neben dem blauen Hosenbein des Carabiniere stehen, der an der Rezeption auf mich wartete. Die Stellen, an denen das Leder schon getrocknet war, waren von einer dünnen weißen Schicht überzogen, wie von Schimmel; als ich ihn später unter der Dusche abwusch, merkte ich, daß es Salz

war, feine weiße Salzkristalle, von denen die Finger stumpf wurden, als ich darüberstrich.
Ich trat in die Halle, sah den Koffer und wollte weitergehen, als der Mann in der Portiersuniform den Carabiniere anstieß und rief: Scusi, signore, è sua questa valigia? Ich blieb stehen, betrachtete den Koffer, als sähe ich ihn zum ersten Mal und schüttelte den Kopf. Ma Lei è signore Leiser, fragte der Carabiniere, und da sah ich den Brief. Er hielt den Brief in der Hand, der im Koffer gelegen hatte, den Brief mit meiner Adresse in Rom, und ich merkte, wie mir das Blut in den Kopf schoß.
Ach, sagte ich, ja, der Koffer, und tat, als erkennte ich ihn erst jetzt wieder, beugte mich vor, klopfte mit dem Finger dagegen. Ja, der Koffer, er sei von der Mole gefallen. Deshalb, rief der Mann in der Portiersuniform, eine Streife habe ihn nämlich am Strand gefunden. Und der Carabiniere: Was in dem Koffer sei. Kleider, Sachen, Bücher, erwiderte ich. Da schüttelte er den Kopf und sagte, nein, er sei verschlossen gewesen, aber leer, nur der Brief habe noch in der Innentasche gesteckt, ja, und dann (er zögerte) die Möwe, die tote Möwe. Dabei sah er mich streng an.
Ich hob den Koffer auf den Tresen, ließ das Schloß aufschnappen und klappte den Deckel hoch, der Koffer war leer. Eine Möwe, fragte ich. Ja, sagte der Carabiniere, aber die hätten sie weggeworfen; es klang fast entschuldigend. Ich nickte und strich über das Futter, das naß und fleckig war und an dem noch ein wenig Sand klebte, Sand, der mit dem Vogel hineingeschaufelt worden war.
Aber damit ist die Geschichte noch nicht zu Ende, sagte ich im Zug, weder die des Koffers noch die von Anzio, das

heißt: die von Anzio schon, denn ich reiste noch am gleichen Tag ab, aber dafür begann die, die von Anzio ihren Ausgang nahm, mit dem Brief, den ich am Nachmittag in der Bar geschrieben hatte. Davon habe ich dir nichts erzählt, weder im Zug noch früher, in den Jahren, in denen wir zusammenlebten, und wenn ich einmal davon erzählen werde, wirst du verstehen, warum.

Ich habe danach noch dreimal versucht, den Koffer loszuwerden, und natürlich habe ich jetzt vorher jeden Hinweis auf mich sorgfältig entfernt. Aber es half nichts, er kam mir nach. Das erste Mal habe ich ihn im Bus stehen lassen, der mich nach Rom zurückgebracht hat, aber der Fahrer kam mir damit nachgelaufen und drückte ihn mir wieder in die Hand. Das war auf dem großen Busbahnhof vor der Stazione Termini, auf dem jeder Koffer verschwindet, wenn man sich nur einen Augenblick umdreht. Das zweite Mal bin ich mit ihm zur Via del Corso gefahren, habe ihn an eine Säule vor der überdachten Passage gegenüber der Piazza Colonna gelehnt und bin weitergeschlendert. Ich war noch keine zehn Schritte gegangen, als ich an der Schulter gepackt und zurückgeschleppt wurde. Zwei junge Burschen hatten beobachtet, wie ich den Koffer abgestellt hatte, und anstatt ihn zu nehmen und damit zu verschwinden, zerrten sie mich, laut nach der Polizei rufend, zu ihm zurück. Erst als sie mich losließen und vorwärtsstießen, zu der Säule hin, an der er lehnte, und selbst hinter einer Säule Schutz suchten, merkte ich, daß sie mich für einen Attentäter hielten, daß sie glaubten, der Koffer enthalte Sprengstoff. (Ja, es war die Zeit der schlimmen Attentate.) Inzwischen waren von der Piazza Colonna her auch die ersten Uniformierten eingetroffen, drängten sich durch die Leute, die stehengeblieben waren, und ließen sich von den jungen Burschen, die sich weigerten, ihren Platz hinter der Säule zu verlassen, berichten. Ich nahm den Koffer, öffnete ihn weit, klappte ihn dann wieder zu und ging unter den bösen Blicken, die mir von allen Seiten zugeworfen wurden, weiter. Und das dritte Mal? Das dritte Mal wollte ich ihn auf der Rückfahrt nach Deutschland aus dem Zug werfen, aber es war einer dieser modernen Züge, deren Fenster sich nicht öffnen ließen.

Aber es war auch der falsche Zug, wie Rom und Anzio die falschen Städte waren. Jetzt weiß ich es.

In diesen ersten Tagen in Wildenburg war alles in ein weißes Licht getaucht, das mich blendete und benommen machte; es war nicht das Licht der Stadt, sondern ein anderes Licht, ein Kopflicht, ein im Kopf gezündeter Blitz, dessen Feuer anhielt. Und doch muß es auch wirklich hell, müssen es helle Tage gewesen sein. Jedenfalls war es hell, als wir losgingen an diesem Vormittag, an den ich denke, denn ich sehe die Lichtflecken auf dem Kleid der Mutter wie Schmetterlinge auf- und abtanzen. Der Vater hat die Hand auf ihren Rücken gelegt und macht ein Gesicht, als wollte er gleich zu pfeifen anfangen; es ist etwas Leichtes, Strahlendes um uns. Aber als wir durch das Stadttor treten, das sich eingangs der Gasse unter dem Turmanbau eines festungsähnlichen Hauses wie der Durchgang in eine Schattenwelt öffnet, empfängt uns etwas Dunkles, Feuchtes, als hätte der graue Stein, aus dem der Turm und das anschließende Gebäude gemauert waren, alles Licht aufgesogen.

Wie an den Gang durch einen Tunnel erinnere ich mich an dieses Wegstück zur Schule, zum Gymnasium, in das sie mich brachten, um die Aufnahmeprüfung in die Sexta nachzuholen. Das Schuljahr hatte schon begonnen, die Klasse war seit Ostern zusammen.

Während wir durch die Gasse gingen, in die das Tageslicht nur wie durch einen Filter drang, vorbei an zimmerbreiten Häusern mit niedrigen, schiefen Türen, an zerfallenden Scheunen, an der zurückversetzten Laderampe einer Brauerei, deren Malzgeruch süß und schwer in der Luft hing, spürte ich, daß sie Furcht befiel: um mich, aber auch meinetwegen, davor, daß ich versagte. Du schaffst es, sagten sie, aber dahinter klang es schon wie: Und wenn nicht? Als sei in dem Fall der Neuanfang für sie schon verdorben.

Wir traten in ein hohes Treppenhaus, in dem jedes Räuspern, jedes Hüsteln widerhallte, in dessen Stille uns schon das Aufsetzen der Füße, das Rascheln des Stoffs, wenn er beim Gehen aneinanderrieb, als verbotenes Lärmen erschienen, bis ein Läuten ertönte, Türen aufgerissen wurden und wir in ein Gedränge und Getöse, in ein Durcheinander von Gesichtern und Ellbogen gestoßen wurden, das uns auseinandertrieb.

Und einmal, es war vor unserer ersten gemeinsamen Reise, Vera, merkte ich, daß mein Paß abgelaufen war, mein Paß und auch mein Ausweis, beide mußten verlängert werden; dreimal ging ich von zu Haus los, und dreimal kam ich unverrichteter Dinge zurück. Das Rathaus, in dem die Paßstelle lag, hatte einen ähnlich hallenden Flur, eine ähnlich abgewetzte breite Steintreppe, ja, es schien mir, als rieche es darin auch wie in der Schule.

Das erste Mal ging ich noch durch die Halle, stieg die Treppe hoch, doch als ich merkte, daß mir der Schweiß in Strömen herablief, kehrte ich um. Das zweite und dritte Mal kam ich nicht einmal bis zur Treppe, sondern es reichte, daß ich eintrat und die Luft schmeckte, die wie eingemauert roch, und schon wußte ich, daß ich es nicht schaffen würde. Erst als du mitkamst, konnte ich die Treppe hochsteigen und mich in das Wartezimmer setzen, bis ich aufgerufen wurde.

Natürlich hattest du ein Wort dafür, wie du für alles ein Wort hattest, Gebäudephobie nanntest du das. Meinetwegen, sagte ich und erzählte, daß es an diesem Tag angefangen habe, an dem ich in dieses Treppenhaus geführt wurde, zur Prüfung. Du erinnerst dich nicht? Aber daß du mit mir zur Paßstelle gehen mußtest, bevor wir unsere Reise antreten konnten (war es nicht zu den Hebriden, die auch Western Islands heißen?), daran wirst du dich erinnern, und daß ich gesagt habe, es sei ja nicht nur das Gebäude, das mir Furcht einflöße, sondern auch der amtliche Vorgang, daß mir alle amtlichen Vorgänge Furcht einflößten, selbst Briefe mit amtlichem Stempel, daß ich bei jedem Brief, der einen amtlichen Stempel trage, glaubte, er enthalte eine Verfügung, in der etwas über mich verhängt worden sei, gegen das es keinen Einspruch gebe, weshalb ich solche Briefe oft wochenlang liegen ließe, ohne sie zu öffnen, in der Hoffnung, sie erledigten sich von selbst (du hast dich oft genug darüber lustig gemacht), daß es mir an den Tagen, an denen solche Briefe einträfen, vorkäme, als seien die Türen ausgehängt, als könne jeder hereinkommen und sagen: Pack deine Sachen, verschwinde.

Mehr als die Prüfung schüchterten mich die Lehrer ein, die sich spreizten, als hätten sie einen Hoheitsakt an mir zu vollziehen. Nicht an die Prüfung erinnere ich mich, aber an das Stimmengedonner des Mathematiklehrers, das Wuselige, Quäkende des Deutschlehrers, an die nervöse Wichtigtuerei des Rektors, der, mit den Armen fuchtelnd, um uns herumsprang; aber auch an die Bittstellerhöflichkeit der Eltern, die zu Hause Du zu den Lehrern gesagt hatten und sich diesen hier, den Westlehrern gegenüber von einer kopfnickenden Artigkeit zeigten, als seien sie selbst die Prüflinge.

Das Schulhaus in Plothow war ein leichter, zur Straße hin gelegener Backsteinbau gewesen, der die anderen Häuser kaum überragte; nur an der Sirene, die wie ein langstieliger Pilz aus dem Dach wuchs, erkannte man, daß es sich nicht um ein gewöhnliches Wohnhaus handelte. Die Schule in Wildenburg, das Gymnasium, war ganz anders. Sie war in einem grauen wilhelminischen Gebäude untergebracht, das von der Straße abgewandt lag und allein durch seine Ausmaße, die Dicke seiner Mauern, das klobige Torviereck, durch das man in den Hof trat, eine Wichtigkeit behauptete, die mich erdrückte. Das Gebäude bestand aus zwei Flügeln, mit dem Treppenhaustrakt in der Mitte; von oben, von einem der halbhohen Berge, sah ich später, daß sie ein wenig schräg zueinanderstanden, wie die beiden

Teile eines aufgeklappten Buchs. Warum ich davon erzähle? Weil ich den Jungen, der zu dem Tag gehört, in dieser Schule zum ersten Mal sah; er gehört nicht zum ersten Tag in der Reihe, aber zum zweiten.

Ich bemerkte ihn gleich, als ich in die Klasse trat, am Tag nach der Aufnahmeprüfung, an dem ich zu den anderen geführt wurde. Der Platz neben ihm war frei, und ich wußte, daß es mein Platz sein würde.

Das ist Karsten, sagte der Lehrer, der gleiche, der mich ein Jahr später nach Haus schicken würde. (Nein, nicht ein Jahr später, weniger, denn seit unserer Ankunft waren schon zwei Wochen verstrichen, zwei Wochen waren es schon weniger.) Das ist Karsten, er kommt aus der Zone, sagte er, legte mir die Hand auf die Schulter und schob mich in den Mittelgang. Dahin kannst du dich setzen, zu Burckhardt. Und als ich die Mappe abstellte, die die Mutter tags zuvor gekauft hatte, musterte er mich, wie mich seine Mutter mustern sollte. Er lehnte sich in der Bank zurück, drehte den Kopf nach oben, schob die Unterlippe vor, und ich sah die Rotzspur auf dem Brillenglas. An diesem Tag hatte er den Geigenkasten nicht dabei, oder ich bemerkte ihn nicht. Ich sage das, weil er ihn immer dabeihatte. Später konnte ich ihn mir nur mit dem Geigenkasten vorstellen, der mit olivgrünem Samt ausgeschlagen war. Meistens stand das Ding neben der Bank. Paß auf, du! sagte er, wenn ich dagegenstieß.

Ich saß an diesem Tag neben ihm und auch an dem Tag, an dem ich nach Haus geschickt wurde, ein Jahr danach, als er glaubte, ich würde von der Schule verwiesen, während ich wußte, daß ich nach Haus geschickt wurde, weil mein Vater vom Krankenhaus aus angerufen hatte, mein Vater oder jemand, den er beauftragt hatte, ein Arzt vielleicht oder eine Schwester.

Das Telefon wird im Sekretariat geklingelt haben, dann wird die Sekretärin ins Lehrerzimmer gegangen sein und den Referendar gebeten haben, dem Klassenlehrer Bescheid zu geben. Sie wußten es schon, die Sekretärin, der Referendar, der Lehrer, sprachen es aber nicht aus.

Ich nahm mein Rad aus dem Ständer, klemmte die Mappe auf den Gepäckträger und fuhr los. Ach, ich kannte schon alle Straßen und jede Abkürzung, und doch nahm ich nicht den kürzesten Weg, sondern kurvte am Flüßchen entlang, das in der Talmitte dahinsickerte, hielt ab und zu an und beugte mich über die Mauer, die das Rinnsal einfaßte; unten trieben, die weißen Bäuche nach oben, tote Fische, in den Winkeln zwischen den Steinen, die sich wie die Rundungen von Schädeldecken aus dem niedrigen Wasser hervorwölbten, plusterte sich weißer Schaum, und es roch faulig herauf. Ich fuhr weiter und hielt auf der Brücke (einer Steinbrücke, natürlich!) und blickte stadtauswärts, in die Richtung, in der sich das Tal öffnete, in die man ein Stück weit sehen konnte, ohne daß sich das Auge gleich wieder an etwas Grauem stieß, und als ich mich umdrehte, sah ich das Krankenhaus, es lag auf halber Höhe am Hang, und während ich da stand und zu ihm hinaufblickte, wußte ich, daß sie hinter diesen Mauern lag, in einem der vielen Zimmer, sicherlich nicht mehr in dem, in dem ich sie zuletzt gesehen hatte, das Laken hochgezogen über ihr Gesicht, das vielleicht schon abgekühlt war, und plötzlich, ich hatte vorher nicht daran gedacht, fiel mir ein, daß es dieser Tag war, daß es ihr gelungen war, an diesem Tag zu sterben. *Daß es ihr gelungen war,* sagte ich, als ich dir davon erzählte, und daß ich von nun an damit rechnete, daß jedes Unglück auf diesen Tag falle. Und in dieser Minute, in der ich da stand, die Hand auf dem steinernen Geländer, um mich abzustützen, um noch ein wenig Zeit zu gewinnen, denn noch war es ja nicht ausgesprochen (und vielleicht gar nicht wahr, erst wenn es ausgesprochen wurde, würde es wahr werden, unumkehrbar), fühlte ich einen unendlichen Haß in mir aufsteigen und schwor, daß ich nichts ungerächt lassen würde, nicht den geringsten Schmerz, nicht die kleinste Erniedrigung. Und mich, sagtest du in Berlin, mich hast du in deinen Haß einbezogen.

Es war ein strahlender Tag, erzählte ich dir, viel strahlender als dann der Tag im Süden oder der im Westen, in Tipperary, oder die Tage auf den Arans. (Es war, als hätten wir uns für das Unglück die strahlenden Tage ausgesucht.) Ich spürte die Sonne auf meinem Gesicht, auf den Händen, aber von den Füßen her, die im Schatten der Mauer waren, zog es kalt die Beine hoch, und als ich mich abstieß, von dieser Stelle weg, von der aus sich das Tal öffnete, und ich in das Dunkel der Stadt eintauchte, begann es mich auch an den Händen und auf dem Gesicht zu frieren.

Nachdem ich in die Straße eingebogen war, in der wir wohnten, fuhr ich langsamer, und je näher ich dem Haus

kam, in dem der Vater auf mich wartete, um so langsamer wurde ich; ich kurvte in weiten Schleifen über die Straße, so langsam es eben ging, ohne umzukippen, ich wollte es hinauszögern, es noch nicht wahr werden lassen, und als ich, es war kurz vor der Steigung, im Kreis fuhr, sah ich Burckhardt in die Straße einbiegen, gleich darauf strampelte er an mir vorbei, dicht über den Lenker gebeugt, und rief (als wollte er sagen: Morgen fällt Mathe aus): Weißt du schon, daß deine Mutter gestorben ist?
An diesem Tag hatte er den Geigenkasten dabei, er hielt ihn mit einer Hand neben dem Lenker. Ich hätte ihn leicht einholen und vom Rad werfen können, aber ich hob es mir auf. Ich hob es mir bis zu dem Tag auf, an dem ich die Frauenfotos in der Telefonzelle fand und ihn vom Geigenunterricht kommen sah, einem Tag im November, an dem es früh dunkel wurde.

Am ersten Abend auf den Arans blätterte ich, nachdem ich aus dem Pub zurückgekommen war, Synges Fotoalbum durch, *My Wallet of Photographs,* das auf dem Bett lag, und entdeckte das Bild, von dem ich annahm, es sei das Foto, das der Alte gemeint hatte, es war das einzige, das in Frage kam.
Es zeigte das McDonagh-Cottage auf Inishmaan, der Nachbarinsel, auf die Synge übergewechselt ist, nachdem es ihm auf der Hauptinsel zu laut, zu geschäftig geworden war. Er war kurz vor Beginn des Jahrhunderts zum ersten Mal auf den Arans, zu einer Zeit also, in der kaum Fremde auf die Inseln kamen, auch nicht nach Inishmore, und doch schreibt er, es sei ein Augenblick höchster Befriedi-

gung für ihn gewesen, als er sich in dem kunstlosen Segeltuch-Boot, in dem er von vier Ruderern nach Inishmaan gebracht wurde, aus der Zivilisation entfernt habe.
Auf diesem Foto ist eine Frau zu sehen, die eben ins Haus geht, auf den großen Steinplatten vorm Haus aber steht ein Kind, das ein Kleid anhat und vielleicht drei Jahre alt ist; es konnte ein Mädchen sein, aber auch ein Junge, denn auch die Jungen trugen Mädchenkleider, sie wurden in Mädchenkleider gesteckt, um die Elfen zu täuschen, die die männlichen Kinder verschleppten. Sie entführten sie in ihr Elfenreich, aus dem sie nicht zurückfanden, to prevent their being taken by fairies young boys of the south and west were dressed as girls, lautete die Unterschrift unter einem anderen Bild, das Synge auf den Blaskets aufgenommen hat und das einen Zehnjährigen, der ein weißes Kleid trägt, neben seiner Mutter zeigt.
McDonagh-Cottage, notierte ich mir. Ich wollte den Alten nach seinem Namen fragen, das hatte ich versäumt. Wenn er den richtigen Namen nannte, wollte ich ihm glauben, daß er das Kind auf dem Foto sei. Ich rechnete damit, ihn auch am nächsten Abend im Pub zu treffen, denn ich nahm an, daß er jeden Abend dorthin ginge, um zu erzählen, wie er Synge gesehen habe und Synge ihn. Aber am nächsten Abend konnte ich nicht in das Pub gehen, am nächsten Abend konnte ich überhaupt nicht mehr gehen, keinen Schritt.
Ich betrachtete alle Fotos, die in dem Buch waren, und als ich am Morgen in den Frühstücksraum trat, sah ich den Mann, der mir bei der Ankunft auf der Insel aufgefallen war, dem ich im Hotel, dann im Pub wiederbegegnet war.

Er saß mit seiner Frau und dem Mädchen in einer Ecke neben der Tür. Ich nickte ihnen zu und setzte mich an einen Tisch am Fenster, von dem aus ich den Hafen sehen konnte, die Boote lagen ruhig auf dem Wasser, die Fahnen hingen wie schwere nasse Lappen an den Masten. Das Mädchen, das sich beim Gehen auf den Stock stützen mußte, hinkte herein, und brachte ihnen das Frühstück, sie trug jeden Teller einzeln herein, mit der einen Hand hielt sie den Teller und mit der anderen stützte sie sich auf den Stock, und als sie zum dritten Mal hereingekommen war, hörte ich, wie die Frau sagte: Burckhardt, die Eier oder den Schinken, nicht beides.

Ich hatte schlecht geschlafen in der Nacht, immer wieder war ich von dem Fensterladen geweckt worden, der gegen die Wand klappte, ich war aufgestanden, hatte den Laden zugezogen, den Haken eingehängt, aber auf eine unbegreifliche Weise war er jedesmal wieder herausgesprungen.

Ich glaubte, daß ich kein Auge zugemacht hatte, und wie oft, wenn ich übermüdet bin, fand ich alles, was ich hörte, komisch. Burckhardt, die Eier oder den Schinken, nicht beides. Das Mitleid, das ich tags zuvor für ihn empfunden hatte, als ich gesehen hatte, wie er sich die Treppe hochwand, war verschwunden. Ich hörte nur diesen Satz, und um nicht vor Lachen zu zerbersten, zog ich den Block aus der Tasche, um mir den Satz zu notieren, manchmal half das, mußte ich, wenn ich etwas aufgeschrieben hatte, nicht mehr daran denken.

Da sah ich, als ich eben den Block aufschlug, daß er Messer und Gabel, die er schon in den Händen hielt, weglegte, eine Zeitung nahm und sich vors Gesicht hielt. Ich wußte, was darin stand, es war eine alte Zeitung, die gleiche, die ich in Tipperary gelesen hatte, und fast hätte ich hinübergerufen: Es gibt nichts, was Sie interessieren wird. Aber so schnell, wie sich die Heiterkeit eingestellt hatte, verschwand sie wieder. Ich klappte den Block zu, schob den Teller weg, den mir das hinkende Mädchen gebracht hatte, und begann, vor mich hinzubrüten. Burckhardt, hörte ich die Frau wieder sagen, und erkannte ihn doch nicht.

Auch wenn er mich in der engen Straße, in die wir gezogen waren, überholt hat, wohnte er doch nicht in dieser Straße, sondern in einer anderen, in einer Straße am Hang, zu der es ein Stück weiter, nach einer spitzen Kehre, steil anstieg, dort hieß die Straße anders; nach der Kehre, hinter der das Neubaugebiet begann, wechselte der Name. Dort waren die Häuser flach und lagen in großen Gärten, die von niedrigen Jägerzäunen eingefaßt waren; dorthin war er unterwegs, als er mich überholte, als ich ihm erlaubte, mich zu überholen. Er fuhr an mir vorbei, und ich dachte, daß er gleich oben ankommen würde, daß er absteigen, sein Rad in den Garten mit den Rhododendronbüschen schieben, es neben die Tür lehnen und klingeln würde, daß er vielleicht gar nicht zu klingeln brauchte, weil er erwartet wurde, weil man wußte, daß er immer zu dieser Zeit kam, oder weil er durch das große Fenster, das von einer Hausseite bis zur anderen reichte, gesehen worden war.

Ich dachte, daß ihm, noch bevor er klingeln mußte, die Tür geöffnet wurde, weil er gesehen worden war oder weil er erwartet wurde, und um nicht daran denken zu müssen, daß ich auch erwartet wurde, stellte ich mir vor, wie er vor dem Haus ankam und ihm geöffnet wurde.

Habe ich dir erzählt, daß ich einmal in dem Haus war und von innen durch das große Fenster gesehen habe? Daß ich wenige Wochen, nachdem ich auf der Bank neben ihm Platz genommen hatte, eingeladen wurde, in das Haus am Hang zu kommen, in dem er wohnte. Meine Mutter lädt dich ein, sagte er, nicht: ich, sondern: meine Mutter. Und als ich in das Wohnzimmer trat, hat sie mich mit diesem Blick angesehen, der mir zeigte, daß sie mich eingeladen hatte, um zu prüfen, ob ich wert sei, mit ihm in eine Klasse zu gehen und auf einer Bank zu sitzen. Ich weiß, du lachst darüber, aber es war dieser Blick, der von außen kommt und bei dem man glaubt, daß einem die Kleider am Leib zu klirren beginnen; als ich eintrat, schob sie, wie er, die Unterlippe vor und sah mich mit diesem Blick an. Und von nun an ging ich, als hätte ich Steine in den Schuhen, mit winzigen Trippelschritten, und als ich vor dem Fenster stand, das so breit wie eine Filmleinwand war, und merkte, daß sie auf das Dach des Hauses sehen konnten, das Dach des Abbruchhauses in der Abbruchstraße, in der wir wohnten, legte sich mir ein Finger über den Mund, und so sehr ich mir auch Mühe gab, auf die Fragen der Frau, die am Tisch sitzengeblieben war, zu antworten – es kamen nur noch Zischlaute heraus. Und wie ich mich auch drehte, immer drohte ich etwas umzureißen, so daß ich schließlich wie eingemauert dastand und nur noch den Kopf bewegte, in die eine Richtung, um ja, in die andere, um nein zu sagen. Woher kommst du, fragte sie, wie heißt das? Was macht dein Vater? Spielst du ein Instrument? Ja, hätte ich sagen können, Klavier, aber ich fürchtete, daß sie mich an den Flügel winken würde, der mitten im Raum stand (ohne daß er den Raum klein gemacht hätte, es war ein riesiger Raum); der Deckel war aufgeklappt, die Tasten blinkten wie eine Reihe weißer Zähne, und ich dachte, daß sie zubeißen würden, sobald ich die Finger darauf legte, oder daß mir die Finger zusammenwüchsen, wenn sie sagte, ich solle etwas spielen, so daß ich sie nicht mehr einzeln hätte bewegen können und wie mit Entenfüßen über die Tasten gepatscht wäre, und schüttelte deshalb den Kopf. Nach einer Weile stand sie auf und ging hinaus, und als ich wenig später auch ging, sah ich sie am Zaun stehen und sich mit einer Frau unterhalten. Sie hob den Kopf, als ich Auf Wiedersehen rief, und redete dann gleich weiter.

Na, sagte die Mutter, als ich zurückkam, na, wie war's? Gut, sagte ich und ging in mein Zimmer.

Das Haus, in dem wir wohnten, lag zurückgesetzt aus der Häuserfront, ein wenig erhöht zur Stadtmauer hin; es war ein Mietshaus, das einzige in der Straße, in dem nicht auch die Besitzer wohnten, weshalb es vielleicht noch heruntergekommener war als die anderen. Tag und Nacht brannte im Treppenhaus ein müdes Licht, und ein Knistern war in den Wänden. Immer ging ich in der Mitte der Treppe, da, wo die sichelförmig ausgetretenen Stufen am niedrigsten waren; nie legte ich eine Hand aufs Geländer, denn es war abgegriffen und speckig. Der Anstrich saß nur noch lokker auf dem Verputz, wenn man mit der Schulter daran entlangstreifte, blieb ein fettiger, grüner Staub am Hemd, am Pullover kleben; hier und da waren handtellergroße Placken heruntergebrochen, und das Rohrgeflecht des Fachwerks lugte hervor. Das Haus hatte drei Stockwerke, in jedem wohnten drei Parteien, und in jedem gab es ein Klo; das im dritten Stock, in dem wir wohnten, lag am Ende eines schmalen, nach hinten wegführenden Gangs. Man ging mit der Papierrolle aufs Klo und nahm sie, damit sie von den anderen nicht aufgebraucht wurde, wieder mit in die Wohnung. Bevor ich mich auf die Holzbrille setzte, wischte ich sie mit dem Papier ab und legte einen Streifen über die Stellen, die ich mit den Schenkeln berühren würde. Im Sommer schwitzte der Ölanstrich tränengroße Tropfen, und im Winter war er mit einer dünnen Eisschicht überzogen, in die ich mit dem Fingernagel Buchstaben oder Zeichnungen ritzte. Im Sommer war das Treppenhaus, vom Keller bis zum Dach, von einem brütenden Gestank erfüllt. Wenn ich mich aus dem Schlafzimmerfenster der Eltern beugte, sah ich unten im Schacht zwischen dem Haus und der Mauer, die den Hang abstützte, die Ratten hin- und herhuschen. Es waren große Tiere mit nackten, schuppigen Schwänzen, die quietschten, wenn jemand kochendes Wasser hinabgoß, um sie zu vertreiben.

Wenn du dir den Ekel vorstellen willst, den mir ihr Anblick bereitet hat (und mit dem ich bald die ganze Stadt ansah), brauchst du bloß an den Ekel zu denken, den du auf den Hebriden empfunden hast, in Callerwish auf der Insel Lewis, in dem Haus mit dem winzigen Hinterhof, von dem nachts die Schnecken in die Küche gekrochen kamen. Sobald es dunkel wurde, kamen sie ins Haus. Wir gingen nachts in die Küche und sahen, daß alles voller Schnecken war, voll von ihren braunen, glitschigen Leibern, die eine silbrig schillernde Spur auf den Wänden, dem Kühlschrank, dem Steinboden hinterließen, die wir bis zur Tür verfolgen konnten; es sah aus, als kämen sie unter der Tür durchgekrochen, vom Hof, aber nachdem wir den Spalt mit Lumpen zugestopft hatten, kamen sie dennoch, waren sie, wenn wir nachts in die Küche traten und das Licht einschalteten, dennoch da, als seien sie schon vorher dagewesen, nur unsichtbar. Wir begannen Salz zu streuen, aber es half nichts, im Gegenteil, das machte es nur noch schlimmer, sie krochen durch das Salz und begannen sich an den Rändern aufzulösen, aber sie starben nicht, und es wurden auch nicht weniger, die hereinkamen.

Für den Artikel notierte ich mir, daß in Plothow der Straßenname eine Ortsangabe gewesen war, nicht mehr, daß es gleich war, wo jemand wohnte, während es in Wildenburg nicht gleich war, sondern etwas bedeutete. Wenn ich in der Schule die neue Adresse nannte, lief ein Kichern durch die Klasse, weil jeder wußte, daß es eine heruntergekommene Straße war, in der die Leute wohnten, die in der Gerberei, im Sägewerk, auf dem Bau, als Gleisarbeiter oder als Packer in der Spedition arbeiteten; sie wechselten oft die Stelle, weil die Berufe, in denen sie arbeiteten, nicht die Berufe waren, die sie gelernt hatten, sofern sie überhaupt einen Beruf gelernt hatten und nicht gleich nach der

Schule auf den Bau, in die Fabrik geschickt worden waren; sie sagten nicht: ich arbeite, sondern ich schaffe; die Kinder, die in der Straße wohnten, gingen zur Volksschule, nicht aufs Gymnasium. In dieser Straße war es anrüchig, aufs Gymnasium zu gehen, weil es aussah, als wolle man sich über die anderen erheben, wie es umgekehrt im Gymnasium anrüchig war, in dieser Straße zu wohnen. Nachdem ich das bemerkt hatte, brach ich in Schweiß aus, wenn ein neuer Lehrer in die Klasse kam, das große blaue Klassenbuch aufschlug und die Namen und Adressen durchlas, weil ich schon wußte, daß er bei meiner Adresse den Blick heben und mich ansehen würde, um dann den Namen meines Geburtsorts zu lesen und zu fragen: *Woher* kommst du? Aus der Zone, rief dann einer, aus Sibirien, ein anderer. Ich mochte weder, daß sie Zone und Sibirien riefen, noch das milde Lächeln, die Handbewegung, mit der der Lehrer sie zum Schweigen brachte, um zu fragen, wo Plothow liege. Bei Berlin, sagte ich meistens, obwohl es nicht stimmte. Ich sagte es der Einfachheit halber oder weil ich dachte, daß der Name der Hauptstadt Ehrfurcht einflöße, aber Berlin war weit weg, keiner in der Klasse hatte die Stadt gesehen. Ich lieh mir den Namen der Hauptstadt aus, weil mein Geburtsort Beinamen bekommen hatte, die Beinamen Zone und Sibirien, wie die Straße, in der ich wohnte, einen Beiklang hatte, der anrüchig war.

Andererseits war es so, daß mir, wenn ich nach jemandem fragte, nicht dessen Name genannt wurde, sondern zuerst das, was er besaß. Es hieß, gleichsam mit Hilfe eines besitzanzeigenden Dativs: Das ist dem. Oder: Der hat fünf

Lastwagen laufen. Bei jeder Erwähnung eines Namens wurde der Besitztitel mitgeliefert, der Name des Besitzenden lief in der Stadt um, er wurde mit einem Senken der Stimme ausgesprochen, das wie ein Kniefall klang; an alle Firmen in der Stadt und an alle Geschäfte in der Hauptstraße knüpften sich Namen, sie waren so fest mit den Firmen und Geschäften verbunden, daß ich sie bald automatisch mitdachte, wenn ich Schuhhaus, Radio, Buchdruckerei, Getränke, Blumen, Betten, Foto sagte. Es war, als sei alles, was ich sah oder anfaßte, aufgeteilt in Besitz.

Irland, hatte der junge Rumäne gesagt, der mir an diesem Abend vorm 1. Mai zugehört hat, als ich von Plothow erzählt habe, von den Wiesen, Sandwegen und Kiefernwäldern, die ich vermißte, und zu dem ich, als er von seiner Landschaft erzählen wollte, gesagt hatte, nichts sei verloren, ich hätte noch auf einer Insel, weit von Plothow entfernt, eine Stelle entdeckt, die mich an meine, die märkische Landschaft erinnert habe. Er hatte einen Augenblick nachgedacht und dann gesagt: Sicher meinen Sie Irland. O nein, mein Herr, hatte ich gedacht, Sie irren. Das Grau, das ich in Irland gesehen habe, hat mir keinesfalls den Anblick verschafft, nach dem ich mich sehnte, das war eher das Steingrau von Wildenburg gewesen, das mir die Luft weggeschnürt hat. Es war nicht Irland, eine ganz andere Insel habe ich gemeint, die Insel nach Anzio, zu der ich mit der Frau gefahren bin, deren Brief der Carabiniere in der Hand hielt, als er an der Rezeption auf mich wartete. Nachdem ich den Koffer wieder an mich genommen hatte, drängte ich mich durch die Leute, die in der Passage an der

Piazza Colonna stehengeblieben waren; sie sahen mich feindselig an, als glaubten sie noch immer, der Koffer enthalte Sprengstoff. Ich bog rasch in die Via del Tritone ein, dort hielt der Bus, der zur Piazza Bologna fuhr. Ich wollte den Koffer in die Pension zurückbringen, in der ich wohnte, und als ich mich an der Ecke umdrehte, sah ich, daß mir die Leute folgten, sie ließen mich nicht aus den Augen, kamen mir nach bis zur Bushaltestelle. Während ich auf den Bus wartete, standen sie, in sicherer Entfernung, im Halbkreis um mich herum und blickten böse herüber. Erst als ich eingestiegen war und der Bus anfuhr, gingen sie auseinander.

Ich war seit einer Woche wieder in Rom und hatte von der Frau, an die ich in Anzio geschrieben hatte, noch keine Antwort erhalten. Als ich in die Pension zurückkam, trat Signora Baldi, die Wirtin, aus ihrer Tür und gab mir ein Telegramm. Ich eilte in mein Zimmer, riß den Umschlag auf und sah, daß es die Nachricht war, auf die ich gewartet hatte. Liebster, ich komme, aber es wird erst in der letzten Maiwoche sein, stand in dem Telegramm.

Nun hatte ich Zeit, viel mehr, als mir lieb war, denn es zog mich schon wieder weg, Rom gefiel mir nicht mehr, es war laut, die Luft schmeckte nach Abgasen, nachts schreckte ich von den Sirenen der Krankenwagen hoch, die zur Pronto-Soccorso-Station an der Porta Pia rasten. Wenn ich von den Sirenen wach wurde, war ich schweißgebadet, und mein Herz klopfte, als sei ich es, der auf die Bahre gehöre, in den blitzenden Wagen mit dem kreisenden Blaulicht, der durch die Nacht zur Klinik fuhr. Einmal kam ich spät zurück, erst gegen Morgen, in der stillen Stunde vor

Sonnenaufgang, ich ging durch die Straßen und hörte nichts außer dem Geräusch, das meine Schritte machten; zum ersten Mal, seit ich in Rom lebte, war es so still, daß ich meine Schritte hören konnte, aber als ich die Tür aufschloß und in das Haus trat, in dem Signora Baldi ihre Pension betrieb, hörte ich die Musik, das Geräusch kreischender, stampfender Musik, wie aus einer entfernten Diskothek. Ich hörte es im Aufzug, in dem langen Gang, an dem mein Zimmer lag, und noch im Bett, noch im Bett hörte ich es; es blieb sich gleich, gleich nah oder gleich weit weg, aber beständig hämmernd, kreischend, doch als ich noch einmal aufstand und das Fenster aufriß, mich hinauslehnte, in die Straße hineinlauschte, die, fünf Stockwerke unter mir, wie ausgestorben dalag, war es verschwunden; kein Laut war mehr zu hören, nur ein leises, schleifendes Geräusch, als treibe der Wind ein Blatt vor sich her, ein Blatt aus dem Platanenbaum, der vorm Haus stand, oder eine der leeren Plastiktüten, die überall in den Straßen herumlagen. Ich schloß das Fenster, legte mich hin, und gleich war es wieder da, das Gekreische, Gestampfe, als steckte es in den Mauern.

In den Tagen, in denen ich darauf wartete, die Stadt verlassen zu können, hatte mich eine Unruhe gepackt, die ich mir nicht erklären konnte. Es war, als wehte den ganzen Tag der Scirocco, der Wüstenwind, der den Sand auf die Autodächer trieb, aber es war nicht so. Ich fragte Signora Baldi, sie schüttelte den Kopf, kein Scirocco, auch kein Tramontana, der Wind aus den Bergen, der sich in die Stadt hineinstürzte und das Blut ebenfalls in Wallung versetzte.

Ich schrieb auf der kleinen Schreibmaschine, die ich mit nach Rom gebracht hatte und die auf dem Tisch vorm Fenster stand, den mir Signora Baldi ins Zimmer gestellt hatte, aber ich konnte mich nicht konzentrieren, die Worte flogen mir weg, die Notizen, die ich auf der Reise in den Süden, bis nach Reggio in der Spitze des Stiefels und dann an der Küste entlang zurück nach Anzio, gesammelt hatte, sagten mir nichts (sonst verwandelten sie sich in Bilder, jetzt blieb die Verwandlung aus), und so mußte ich mir fast alles, was ich für den Artikel brauchte, aus der Erinnerung zusammensuchen. Ich schrieb damals für eine Schweizer Zeitung über die Zerstörung des Südens. Norditalienische und deutsche Firmen hatten große Gebiete aufgekauft, auf denen Orangen- und Olivenbäume wuchsen; sie wollten dort Zweigwerke errichten, und um die Bauern daran zu hindern, das Land weiter zu bewirtschaften, hatten sie die Bäume über Nacht abhacken lassen, aber die Werke wurden nie gebaut, und nun verkam das Land, der Boden trocknete aus, der Wind trug die Erdkrume ab, das Land verkarstete. Ich hatte eine ganze Serie mit der Zeitung abgesprochen, aber dann verlor die Redaktion das Interesse daran, und es blieb bei diesem einen Artikel.

Nachdem er fertig war, brachte ich ihn zur Post, dem sichelförmigen Bau an der Piazza Bologna, vor dem die Busse hielten, und fuhr dann zu den Neubauvierteln hinaus, die ich bis dahin gemieden hatte. Obwohl ich schon seit einem Jahr in der Stadt wohnte, war ich immer nur daran vorbeigefahren. Jetzt wanderte ich an den Betonblocks entlang, die einer wie der andere aussahen, und entdeckte plötzlich im Fenster eines Ladens zwischen zerbrochenem Spielzeug, stumpfen Spiegeln und Bilderrahmen den Fotoapparat: *occasiones* war mit großen, aus gelbem Papier ausgeschnittenen Buchstaben quer über die Scheibe geklebt, ich sah es, und mir fiel ein, daß ich in Wildenburg das gleiche Wort gelesen hatte, *Gelegenheit* hatte auf dem Zettel gestanden, der neben dem Apparat im Schaufenster des Fotoladens gelegen hatte. Ich erkannte den Apparat gleich wieder, aber ich versäumte es, in den Laden hineinzugehen und ihn zu kaufen, sondern starrte ihn bloß an und dachte: Wir kennen uns, du und ich, obwohl es natürlich ein anderer Apparat gewesen sein kann, nur einer der gleichen Marke. Ich starrte ihn an, ging dann weiter, und als ich zwei Tage danach noch einmal in das Viertel fuhr, um ihn doch noch zu kaufen, weil es mir keine Ruhe gelassen hatte, weil ich gedacht hatte, daß es durchaus dieser Apparat sein könnte (wieso nicht?), fand ich den Laden nicht mehr, denn ich hatte mir die Straße nicht gemerkt; es war in den frühen Nachmittagsstunden, zu denen die eisernen Rolläden vor den Geschäften heruntergelassen waren und alle Läden gleich aussahen.

Habe ich dir von dem Fotoapparat erzählt, der in Plothow gekauft und noch in der Verpackung weggelegt worden ist? An dem Abend, an dem ich mit der Mutter vom Spaziergang zurückgekommen bin, habe ich ihn neben den Koffern auf dem Bett liegen sehen; ich sah ihn, bevor sie die Schlafzimmertür zuzog, und dann sah ich ihn in Wildenburg wieder, in der neuen Wohnung; er war in dem kleinen Koffer, zwischen Wäsche und Kleidern

versteckt, über die Grenze geschmuggelt worden und sollte gleich wieder verkauft werden. Die Eltern brauchten das Geld, es mußte alles neu angeschafft werden, aber es war, als könnten sie sich nicht davon trennen oder als wüßten sie nicht, wie sie es anstellen sollten, es war ja etwas Peinliches dabei, in ein Geschäft zu gehen und ihn anzubieten, wie das Eingeständnis von Not. Abends nahm ihn der Vater aus dem Karton, drehte ihn vorsichtig in den Händen und betrachtete ihn, manchmal blickte er durch den Sucher, tat, als wolle er mich fotografieren, und bevor er ihn in die Verpackung zurücklegte, wischte er die Abdrücke, die seine Hände auf dem glatten Gehäuse hinterlassen hatten, mit dem Ärmel ab. Ich sah, daß er ihn gern behalten hätte, es war ein Wunderding mit einem starken Objektiv, der teuerste Apparat, den es in Plothow zu kaufen gab. Schließlich trug er ihn in den Fotoladen in der Hauptstraße, in dem ich ihn dann liegen sah, mit dem Zettel daneben, auf dem *Gelegenheit* stand. Wenn ich am Mittag aus der Schule kam, blieb ich vor dem Schaufenster stehen und betrachtete ihn; nach wenigen Tagen war er verschwunden, aber der Vater bekam sein Geld nicht, denn der Ladenbesitzer sagte, der Käufer habe darauf bestanden, in Raten zu zahlen, und als er das Geld, Wochen später, bekam, war es nur ein geringer Betrag, der ihm widerwillig, wie schmutziges Geld, über den Tresen geschoben wurde und der nicht annähernd dem Wert entsprach, den der Apparat hatte.
Als der Vater an diesem Abend zurückkam, war er bleich im Gesicht, bleich vor Wut und vor Scham, weil er hatte betteln müssen, um wenigstens einen Teil des Geldes zu

erhalten, das ihm zustand. Als er davon erzählte, sprang er alle Augenblicke auf, während die Mutter, die Hände übereinander im Schoß, auf einem Stuhl am Fenster saß und nickte.

Darüber werde ich in dem Artikel nicht schreiben, aber ich notierte mir: Wenn ich mittags aus der Schule kam, sah ich, wie die Ladenbesitzer vor die Tür traten – es war ja die Stunde, zu der sie den Laden schlossen – und mit dieser Hier-bin-ich-und-wo-ich-bin-ist-es-richtig-Geste den Daumen in die Westentasche hakten.
Plötzlich sah ich diese Geste, die mir vorher nicht aufgefallen war, überall, beim Hutladenbesitzer nicht anders als beim Drogisten, beim Apotheker nicht anders als beim Friseur. Es gab keinen Zweifel, sie zeigten damit, daß sie die Menschen in der Mitte waren, so wie es andere gab, die am Rand waren, die am Ende des Bahnsteigs standen oder abseits an der Pier. Sie waren, notierte ich mir, die ewigen Einheimischen, denen keine Katastrophe etwas anhaben konnte, sie waren aus dem letzten Krieg zurückgekommen, in ihren Winkel an den Stammtisch, auf die noch arschwarmen Plätze, und hatten nach kurzer Zeit angefangen, Anekdoten zu erzählen; sie waren die Leute, denen alles zur Anekdote gerann. Bestenfalls hatten sie kurz unter sich gesehen, aber nicht aus Scham, sondern weil es ihnen ratsam erschienen war, und als sie wieder aufgeblickt hatten, hatten sie gemerkt, daß der Wert ihrer Grundstücke gestiegen war. Sie hatten immer in dieser Stadt gelebt, hatten ein Haus, einen Garten, einen Streifen Land geerbt, den sie für unwert gehalten hatten, bis gerade

da, wo er lag, eine Fertigungshalle, eine Verbindungsstraße, eine Turnhalle gebaut werden sollte.

Siehst du, sagte ich im Zug, das war die Zeit, in der das Vergleichen angefangen hat, nicht nur das Vergleichen der Städte und Landschaften, und es kann sein, daß ich, wenn ich sage: die Landschaft bei Plothow, etwas ganz anderes meine, nämlich den Kaufmann, den Lehrer, den Bauern Wiek, und gar nicht so sehr den Kanal, die Ebene, das Weite, Kiefern- und Birkenbestandene.

In einem der ersten Briefe, die du mir aus Berlin geschickt hast, schreibst du, ich hätte, als wir durch Plothow fuhren, nicht einmal durchs Fenster geblickt (es klang wie ein Vorwurf), und du glaubtest nicht, daß ich den Bahnsteig, die Schranke oder den Kirchturm gesehen hätte, von dem aus ich die Lage der Straßen bestimmte; ich hätte nur dagesessen und Notizen gemacht, als sei es in diesem Augenblick das Wichtigste von der Welt.
Wie du auch, könnte ich antworten, denn du hattest auch angefangen, dir Notizen zu machen (Erinnerungsgefängnis, trägt den Kopf verkehrt herum auf den Schultern, schriebst du), später gabst du sie mir zu lesen. Während wir in unseren Abteilecken saßen, du an der Tür zum Gang, ich am Fenster, hatte ein Schreibkrieg zwischen uns begonnen, wer am verbissensten schrieb, war der Sieger. Glaub nicht, daß ich dich nicht auch beobachtet hätte.
Aber es stimmt, als wir durch Plothow fuhren an diesem Tag, habe ich kaum hinausgesehen, nur aus den Augenwinkeln, so daß ich die Stadt nicht richtig sah, sondern wie

andere Städte, die man nebenbei wahrnimmt, und ich weiß auch, warum ich es tat, es gab dafür einen Grund.

Bevor wir durch Plothow kamen, waren wir über die Elbe gefahren, über die Brücke, die sich weit über dem Haupt- und den Nebenarmen spannt, noch eine halbe Stunde, hatte ich gedacht und auf die Uhr gesehen, als ein junger Mann an die Tür trat, sie aufschob und fragte, ob wir ihm sagen könnten, welcher Fluß das gewesen sei. Die Elbe, sagte ich.

Siehst du, die Elbe, hörten wir ihn gleich danach über den Gang rufen, als hätte ihm jemand nicht glauben wollen. Wir hörten beide, wie er *die Elbe* rief, aber wir hörten niemanden, der ihm antwortete. Da blicktest du auf und sagtest: Das wäre er gewesen. Wer? Der Fremde, dem du hättest erzählen können, wie du aus dem Fenster springst, wenn der Zug durch deinen Geburtsort fährt. Aber das war doch nur eine Geschichte, sagte ich, niemals würde ich springen, ich tue doch alles nur in Gedanken. Das aber so gründlich, daß keine Handbreit bleibt zwischen wirklich und gedacht, gabst du zurück und fingst wieder an, in dein Heft zu schreiben. Du hattest ja immer diese kleinen Hefte, in denen du dir etwas notiertest, während ich Spiralblöcke bevorzugte.

Auch damals, auf Inishmore, habe ich diese Blöcke benutzt, obwohl ich kurz zuvor in Galway wunderbare alte Notizhefte gekauft hatte, die zwischen Partituren, Kupferstichen und Reproduktionen von Hafen- und Jagdszenen in einer Ecke von Kenny's Book Shop gelegen haben, dem gleichen Laden, in dem ich Synges *Wallet of Photographs* gefunden habe, in dem neben seinen Fotos von den Arans auch die von Wicklow, County Mayo, den Blaskets und Kerry enthalten sind. Seit ich auf Inishmore angekommen war, lagen die Hefte zusammen mit dem Fotobuch in meinem Zimmer neben dem Bett. Ich blätterte sie gern durch, befühlte das harte, glatte Papier, wußte aber schon, daß ich sie zu den anderen stellen würde, die ich in anderen Städten gekauft hatte und ebenfalls nicht benutzte; ich sammelte Schreibhefte, in denen nie ein Wort stehen würde.

Nachdem ich den Block beiseite gelegt hatte, in dem ich mir den Satz notieren wollte, den die Frau zu dem Mann gesagt hatte, der Burckhardt hieß, saß ich eine Weile verdrossen da und begann dann, auf dem Teller herumzustochern; der Schinken war verbrannt, ich schob die Scheiben, die schwarz und zusammengeschrumpelt waren wie altes Leder, auf den Tellerrand und aß nur ein bißchen von dem Ei und eine Scheibe Toast, dabei blickte ich zu dem Tisch hinüber, an dem die drei saßen. Der Mann hielt noch immer die Zeitung vors Gesicht, während die Frau ein Brot schmierte, es in kleine Stücke schnitt und dem Kind, dem Mädchen, gab; jedesmal, wenn es eine Gabel voll Ei in den Mund geschoben hatte, reichte sie ihm ein Stück Brot hinterher, das es, noch während es an dem Ei kaute, in den Mund steckte.

Ich trank den Tee aus, stieg dann die Treppe hoch, um den Anorak zu holen, und als ich ins Zimmer trat, sah ich die Hefte, die alten Notizhefte aus Kenny's Book Shop, ich sah sie auf dem Bett liegen und tastete unwillkürlich nach

dem Block, der für gewöhnlich in der Brusttasche der Jacke steckte, aber er war nicht da, ich hatte ihn im Frühstücksraum liegen gelassen.
Wie du weißt, schreibe ich alles in diese Blöcke, das, was ich für die Artikel, Sendungen und Bücher brauche, und das, was keinen etwas angeht, nur mich. Ich nahm den Anorak und sprang gleich wieder die Treppe hinab, um den Block zu holen. Die Tür zum Frühstücksraum war nur angelehnt, mit wenigen Schritten war ich an meinem Tisch, die Teekanne, aus der die Lipton-Tea-Anhänger baumelten, stand noch da, aber mein Block war verschwunden. Ich blickte mich um, es war niemand mehr im Frühstücksraum, der Tisch, an dem die drei gesessen hatten, war bereits abgeräumt.
Ich ging hinaus, und als ich an der Rezeption vorbeikam, sah ich den Block auf dem Tresen liegen, *3. Mai* stand darauf, mit Filzstift; es war der Tag, an dem ich in Shannon gelandet war und den Block angefangen hatte. Ich nahm ihn an mich, und im gleichen Augenblick kam das Mädchen aus der Küche, das Mädchen, das hinkte, und rief, daß der andere Deutsche ihn abgegeben habe, the other German gentleman, als hätte ich sie beschuldigt, daß sie meinen Block gefunden und auf den Tresen gelegt habe. Sie blieb gleich, nachdem sie aus der Küche gekommen war, stehen, stützte sich auf den Stock und rief: The other German gentleman. Ja, sagte ich, ja, steckte den Block ein und trat auf die Straße hinaus.
In der Schule, in dem humanistischen Gymnasium, auf das ich ging, war es vor allem das herablassende Reden, das geübt wurde, nicht nur mir gegenüber, wie ich anfangs

meinte, sondern auch gegenüber den anderen Kindern, und nicht nur in einer Richtung, von den Lehrern hinunter zu den Schülern, sondern, nach deren Vorbild, auch zwischen den Schülern, die alle von der gleichen Versagensangst gepeinigt waren, die sie indes, um dafür nicht auch noch verspottet zu werden, durch doppeltes Auftrumpfen zu überspielen suchten.

Hinkte der Biologielehrer durch die Reihen, duckte ich mich hinter meinem Vordermann, wie ich sah, daß sich die anderen hinter ihren Vorderleuten duckten; wieselte der Deutschlehrer heran, legte ich wie die anderen die Hände schützend über die Ohren, weil er die Angewohnheit hatte, nach den Ohren zu grapschen und sie umzudrehen; meldete sich die Hälfte der Klasse, mit den Fingern schnippend, meldete ich mich auch schnell, weil ich schon wußte, daß zuerst die aufgerufen wurden, die sich *nicht* gemeldet hatten, das Bloßstellen und Lächerlichmachen gehörte zum Prinzip: der Unmusikalische, der keinen Ton halten konnte, wurde zum Vorsingen bestimmt, der Unsportliche ans Reck kommandiert, der Schüchterne an die Tafel. Und immer geschah es mit einem Augenzwinkern des Lehrers hinunter zu den Schülern, mit einem Gegrinse, das soviel besagte wie: Na, wolln mal sehn! und mit dem er sich mit den Klassenkameraden dessen, den er bloßstellen wollte, zu verbünden trachtete, als brauche er sie, um seine Niedertracht auszukosten, zu Komplizen. Bevor ich sie als Lehrer sah, erlebte ich sie als Kopfnüsseverteiler und Ohrenumdreher und, immer wieder, als Verhöhner, die aus einem Offenblickenden einen Untersichgucker, aus einem Freiredenden einen Nuschler und Silben-

verschlucker machten, der beim kleinsten Satz, den er sagen sollte, die Hand vor den Mund legte.
Die Bänke, auf denen wir saßen, waren speckig, die Tische vollgekritzelt mit Angstkürzeln, vor den hohen Fenstern aber blühte der Sommer. Wenn sie in den Fünf-Minuten-Pausen aufgerissen wurden, strömte der Duft der Kastanien herein. In Plothow ging man jetzt an den Kanal, kaufte rote Brause; vielleicht, wenn eine Lieferung eingetroffen war, gab es Wassermelonen; Wieks arbeiteten auf dem Feld, Heu wurde gemacht und eingefahren, und im Garten roch es nach Kirschen.
Auf dem Rückweg von der Schule ließ ich mir Zeit, nicht nur an diesem Tag, an dem ich dem Jungen erlaubt hatte, mich zu überholen, auch schon vorher.
Anfangs hatte ich noch kein Rad, und ich ging gern allein, es war wie Atemschöpfen. Dabei stellte ich mir nacheinander die Gesichter meiner Freunde in Plothow vor, zählte ihre Namen auf; wenn mir einer nicht gleich einfiel, schalt ich mich aus und grübelte so lange nach, bis ich ihn wieder wußte. Aber es wurde immer schwerer, mir ihre Gesichter vorzustellen, schon schoben sich andere, neue vor, und ich dachte daran, daß sie die alten bald ganz zudecken würden. Und wie mit den Gesichtern erging es mir mit den Straßen, den Spielplätzen: die Bilder verloren sich immer mehr, bald war an ihrer Stelle nur noch ein kalter, schneidender Schmerz.
Nur nachts sah ich sie deutlich, nachts, bevor ich sie ins Feuer schickte. Sie standen nebeneinander über dem Bahndamm, mit dem Rücken zum Kiefernwald, und ich unten auf der Chaussee. Manchmal riefen sie etwas, und

manchmal sahen sie bloß zu mir herunter, bevor sie sich abwandten und in den Wald gingen, der kurz danach zu brennen begann. Anfangs wußte ich noch nicht, daß ich es war, der ihn anzündete. Ich merkte es erst an der Freude, die ich empfand, als das Feuer auf Plothow übergriff, in den späteren Träumen. Da war es dann manchmal so, daß ich ihnen die Streichholzschachtel zeigte, wie um sie vor mir zu warnen. Aber sie sahen nicht, hörten nicht, sahen und hörten einfach nicht hin, sondern drehten sich weg oder traten einen Schritt zurück und verschwanden im Wald, über dem ich kurz danach die Rauchsäule aufsteigen sah, in der Richtung, in die sie gegangen sein mußten, weil es die Richtung zur Munitionsfabrik war, zu den verfallenden Stollen unter der Erde, in die wir krochen, um Patronen zu sammeln, die wir danach auf dic Gleise der Kleinbahn legten und vom Zug überrollen ließen. Meistens war ich allein, wenn sie im Wald verschwunden waren. Aber manchmal stand Christine noch da, auf den Gleisen oder ein Stück von mir weg auf der Chaussee, sah mich aus ihrem flachen Idiotengesicht heraus an, hob dann mein Rad auf, das rote, und schob es in die Siedlung, die hinter der Chaussee begann, während der Wald schon brannte, lichterloh.

Der Stein, das Fachwerk, der Schiefer, das Schulheft, der Füllfederhalter, die Turnschuhe, an alles knüpfte sich bald eine kleine Angstgeschichte, oder es strömte allein dadurch, daß es anders als in Plothow war, Unbehagen aus. Sogar die Landschaft, das Eingeklemmte zwischen halbhohen Bergen, von denen ich, wie hoch ich auch stieg, doch nie einen wirklich weiten, sich ins Unendliche öffnenden Blick hatte, da sich das Auge immer wieder an etwas anderem Halbhohen, Baumbewachsenen stieß: Alles steigerte das Gefühl der Bedrückung noch, so daß ich bald kleinmütig umherging, mit Trippelschritten, oder voller Anspannung, wie in Feindesland, mit gesträubten Nackenhaaren, ständig auf dem Sprung, einen Angriff abzuwehren.

Daß die Eltern etwas davon merkten, glaubte ich nicht. Schon nach wenigen Wochen fing ich an, Gefühle vor ihnen zu verbergen: zuversichtlich zu tun, während ich verzagt, heiter, während ich niedergeschlagen war, mutig, während ich innerlich bebte, sanft, während ich vor Haß fast zerbarst.

Fragten sie mich, wie es mir gehe, sagte ich: Gut. Fragten sie, wie ich in der Schule zurechtkäme, wie mir die Lehrer, die Mitschüler gefielen, sagte ich: Gut. Ich tat es nicht, um sie zu täuschen, sondern weil sie die Haltung verloren hatten, mit der sie in Plothow das Bedrohliche abgewendet hatten.

Manchmal, wenn ich mich unverhofft umdrehte, sah ich, daß es in ihrem Gesicht zuckte, als hätten sie mich eben betrachtet. Wenn ich schnell wegguckte und etwas sagte, um die Verlegenheit zu überspielen, nickten sie oder antworteten etwas. Aber während ich, beispielsweise, zum Fenster hinausschaute, merkte ich, daß sie mich schon wieder beobachteten, unsicher. Es war, als seien wir jeder für den anderen jemand geworden, den man von der Seite angucken mußte, um herauszufinden, was er meinte.

Von Plothow wurde nicht mehr gesprochen, sondern nur noch von dem Nächstliegenden, Kommenden, als seien wir so mit dem Neuen beschäftigt, daß uns das Zurückliegende schon nicht mehr interessierte. Was machst du morgen, hieß es, wenn wir abends am Tisch saßen. Der Vater sagte dies, die Mutter das. Es waren die einfachen Fragen, die gestellt, die einfachen Antworten, die gegeben wurden. Wenn das Fragen und Antworten aber zu verstummen drohte, begann der Vater rasch, von seiner Arbeit zu erzählen, damit keine Pause eintrat, in der sich das Schweigen, das Grübeln einnisten konnte.

Freilich, an den Tagen, an denen Briefe von der Großmutter ankamen, half das Darüberwegreden nichts; dann saß die Mutter in einer Ecke, auf einem neuen Stuhl mit Plastikbezug, kaute an der Unterlippe. Die Großmutter schrieb mit ihrer steilen, krakligen Schrift, der Schrift der Blinden, oft über die Seiten hinaus, so daß manchmal offen blieb, was sie meinte, und jeder Brief hörte mit dem Satz auf, sie hoffe, wir hätten ihre Zeilen lesen können. Sie schrieb, der Großvater habe Johannisbeerwein angesetzt, die Rosen am Zaun würden von den Blattläusen aufgefressen, Wieks Hofhund sei gestorben, aber dazwischen stand auch, wie absichtslos, daß unsere Wohnung geöffnet und die Möbel abgeholt worden seien; alles werde versteigert werden, auch die Betten, die Teppiche.

Die Mutter hielt die Briefe lange in der Hand. Wenn der Vater zurückkam, zog er die Tür zu, ging leise, fast ohne aufzuschauen, durch die Wohnung.

Lange roch es darin nach Gips, Wandfarbe, Tapetenkleister, Möbellack, Furnierleim, Sägespänen, Plastik. Die neuen Möbel stammten aus dem Versandhaus, mit dem die Firma des Vaters zusammenarbeitete, weshalb sie ohne lange Wartezeiten ins Haus geliefert wurden. Die Eltern suchten sie abends zusammen im Katalog aus, sahen sie sich im Ausstellungsraum an, und kurz darauf wurden sie die steile Treppe hinaufgetragen, aus der Verpackung gehoben, in ein Zimmer gestellt, an die Wand gerückt. Dazwischen nahmen sich die Gegenstände aus Plothow, die im Paket herübergeschickt worden waren oder in den Koffern gelegen hatten, merkwürdig widerspenstig aus. Es war immer, als lägen die Bestecke verkehrt herum auf dem Tisch, als seien die Tassenhenkel geschrumpft, die Gläser nicht mehr zum daraus Trinken da, sondern nur noch zum Betrachten. Aus einem Küchentuch löste sich das Monogramm der Mutter; erst hing nur ein Faden heraus, aber als sie daran zog, wurde er länger, bis sie ihn ganz herausgeräufelt hatte.

Wildenburg war nicht ihre Stadt, sondern die des Vaters, der vor Ausbruch des Krieges hier gewesen war; sein Büro hatte im alten Rathaus gelegen, wenn wir daran vorbeigingen, zeigte er auf das Fenster, hinter dem sein Schreibtisch gestanden hatte; er hatte die Stadt ausgesucht, weil es die einzige Stadt im Westen war, die er kannte. Auf der Straße blieb er manchmal bei Leuten stehen, die uns entgegenkamen, redete sie mit Vornamen an und ließ sich von ihnen so anreden. Wenn ich ihn dabei beobachtete, verstand ich, daß er es nicht für sich tat, nicht um alte Bekanntschaften aufleben zu lassen, sondern für uns, für die Mutter und mich, um uns zu zeigen,

daß wir nicht in der Fremde seien, sondern bei Freunden, und ich bin sicher, daß sie ihn auch so verstand. Aber wenn er mit jemandem sprach, ging sie ein paar Schritte weiter und blickte auf ihre Schuhspitzen; obwohl sie in den Westen gewollt hatte wie er, wollte sie nun, da sie im Westen war, nicht ankommen.
Wie du auch, sagst du. Nur daß ich vorher nicht gefragt worden bin. Das ist es also. Ja, das auch.

Für den Artikel notierte ich mir: Eingangs der Straße, neben dem Bäckerladen, zu dem mich die Mutter nachmittags schickte, um Kuchen zu kaufen, hing ein Automat, über dessen Metallsockel ein Glasballon gestülpt war, in dem rote Kaugummikugeln und Totenkopfanhänger lagen. Man steckte einen Groschen in den Schlitz, drehte den Griff nach rechts, und eine rote Kaugummikugel oder ein weißer Plastiktotenkopf mit roten oder grünen Glasaugen fiel in das Fach darunter. Der Bäcker, zu dem ich geschickt wurde, hieß noch Bäcker, der Fleischer aber hieß Metzger, der Tischler Schreiner, der Maler Anstreicher.
Die Wörter, die ich benutzt hatte, galten nicht mehr; es war kein Verlaß auf sie gewesen. Benutzte ich sie weiter, zeigte ich mich als Fremder. Wenn ich die Mutter oder den Vater Metzger, Schreiner, Anstreicher sagen hörte, erschien es mir wie Verrat, Verrat an den Wörtern, mit denen ich aufgewachsen war, aber auch als Verrat an den Menschen und Dingen, die zu Hause damit bezeichnet worden waren. Wenn man ihnen einen anderen Namen gab, waren es nicht mehr dieselben, und wenn die Menschen und die

Dinge nicht mehr dieselben waren, war man es selbst auch nicht, sondern ein anderer. Wenn die Mutter ein Wort sagte, das ich in Plothow nicht von ihr gehört hatte, sah ich sie von der Seite an.

Ihre Krankheit begann als Juckreiz, den sie mit Essigwasser bekämpfte. Sie schüttete Essig in eine Schüssel, füllte sie mit Wasser auf, tauchte den Waschlappen hinein und wusch sich von Kopf bis Fuß, denn es juckte sie überall, am ganzen Körper; es juckte sie so, daß ihre Haut bald mit blutigen Striemen bedeckt war, die sie sich mit den Fingernägeln hineingerissen hatte.
Das Essigwasser half ein wenig, aber nicht lange; der Juckreiz klang ab und kam wieder. Es reichte, daß sie sich aus dem Fenster beugte, dem Fenster zum Hang hin, unter dem, auch tagsüber, die Ratten herumliefen, oder aus dem Fenster zur Straße, von der aus einem verrosteten Brunnen Modergeruch heraufzog, und er war wieder da. Der Arzt, der gerufen wurde, sagte: Allergie. Bis sie sich zu verfärben begann und ins Krankenhaus eingeliefert wurde. Sie ging, schon gelb im Gesicht, die Stufen hinab, und der Vater trug ihr den Koffer voraus, den kleinen Koffer, in dem ihr Nachthemd, der Bademantel, die Wäsche, das Waschzeug, die Handtücher lagen. Sie hielt sich, ein wenig tänzelnd, in der Mitte der Treppe, bedacht darauf, weder das Geländer auf der einen, noch die Wand auf der anderen Seite zu berühren, und so trat sie vors Haus, ging die Stufen hinab zum Auto, dem gleichen, das uns in der Nacht vom Bahnhof abgeholt hatte und das der Vater nun, wenn er ein Auto brauchte, benutzen konnte. Sie nahm

darin Platz, und als es losfuhr und sie sich noch einmal umdrehte und das Haus mit einem langsamen, fast mitleidigen Blick ansah, wußte ich, daß sie sterben würde.

Davor aber, in dem Augenblick, in dem sie sich vom Haus löste, um zum Auto zu gehen, schien sie ein Schwindel zu erfassen; sie wankte, streckte die Hand aus, stützte sich an der Wand ab, genau in dem Winkel zweier Fachwerkbalken, über denen der Mörtel abgefallen war. Wenn ich später das Rad an die Wand lehnte, ließ ich die Stelle aus. An dem Tag aber, an dem ich aus der Schule nach Haus geschickt worden war, lehnte ich es an eben diese Stelle, wie um die Berührung zu wiederholen.

Ihr Bett stand am Fenster, es war gut, daß es am Fenster stand, denn so konnte sie hinaussehen, aber was sie sah, waren die Schieferdächer, das Tannendunkle, das Wolkengraue den Herbst, den Winter, das Frühjahr über; immer steckte eine Nadel in ihrem Handrücken, in ihrem Unterarm, in ihrer Armbeuge, eine breite Nadel, durch die die Nährflüssigkeit aus der auf den Kopf gestellten Glasflasche, die am Galgen neben ihrem Bett hing, in sie hineintropfte. Bald waren ihre Handrücken, ihre Arme von den Nadeln zerbissen, von großen blauen Hämatomen übersät; ein Arm war durch die Nadel und den Plastikschlauch mit der Glasflasche am Galgen verbunden und lag ausgestreckt auf dem Bettrand, während der andere sich auf der weißen Bettdecke krümmte, aber beide Arme waren dunkel, wie nach drei Wochen Ostsee, dunkel wie ihr Gesicht, der Hals, der aus dem Nachthemd wuchs; erst wenn ich an ihr Bett trat, sah ich, daß es nicht das Ostseebraun war, sondern ein anderes, ein gefährliches Braun, das ins Gelbe ging und in ihren Augen am deutlichsten zu erkennen war; das Weiße in ihren Augen war gelb, mal mehr, mal weniger, aber immer gelb. Manchmal hielt sie den Kopf zum Fenster hin, verdrehte die Augen, fragte: Wie ist es? Besser, sagte ich dann. Aber es war nicht besser, wenn ich es sagte. Ich sagte es immer, sie wußte es auch. Die Frauen, die mit ihr im Zimmer lagen, wurden entlassen, andere kamen, die nach einer Operation, nach der Genesungszeit, die sich anschloß, ebenfalls entlassen wurden, sie aber blieb, ohne Operation, ihre Krankheit war nicht operabel, sondern schleichend, leise; sie richtete sich in ihrem Bett im Krankenhaus über der Stadt ein, nun brauchte sie nicht mehr anzukommen, ich sah es mit Verwunderung, wie sie sich dem Ankommen entzog. Wenn ich wieder ging, richtete sie sich im Bett auf und sah mir nach, bis ich die Tür zuzog, mit einer Traurigkeit im Blick, die nicht mir galt, nicht dem Vater, nicht der Trennung von uns, nicht ihrer Krankheit, sondern eine Traurigkeit war, die alles einschloß, in der aber auch ein Funken Triumph glomm; im Innersten, dachte ich, wenn ich ihren Blick sah, triumphierte sie auch, wenn sie sich im Bett aufrichtete und mir nachsah, sie triumphierte, weil ich in die Stadt hinein mußte, während sie einen Weg gefunden hatte, sich ihr zu entziehen.

An dem Tag aber, an dem sie den Satz sagte, den dritten Satz, den sie mir vermacht hat, war sie schon zu schwach, um sich im Bett aufzurichten, kaum konnte sie noch den Kopf drehen. Sie hatte mich gleich herangewunken, nah, noch näher, und gesagt: Nun werde ich nie mit dir tanzen, dabei hätte ich so gern mit dir getanzt. Aber was denn, sagte ich, was ein Quatsch. Und da sah ich, wie sich das Laken unter ihr rot färbte, es war warm im Zimmer, sie hatte, wie immer, die Decke knapp um ihren Leib gewikkelt, und da sah ich, wie neben ihr, unter ihr hervor, neben ihrer schmalen, in die Decke gewickelten Gestalt der Fleck entstand, der dunkelrote Fleck, der Blutfleck, der sich ausbreitete; ich bemerkte ihn eher als sie, und als sie ihn auch bemerkte, legte sie die Hand über den Mund, den Handrücken, und drehte den Kopf weg, zur anderen Seite. Die Schwestern, von der Bettnachbarin alarmiert, stürzten herein, schoben mich hinaus, und am Tag danach streckte der Referendar seinen Kopf zur Tür herein.

Sie kam im Herbst ins Krankenhaus, ich besuchte sie am Dienstag, am Donnerstag und am Sonntag, jeweils zwischen zwei und vier, am Sonntag mit dem Vater zusammen, der an den anderen Tagen auch außerhalb der offiziellen Besuchszeiten zu ihr ging. Man konnte ihr wenig mitbringen, nur Obst, Säfte, Traubensäfte, die Rabenhorster und Rotbäckchen hießen und die es in der Drogerie zu kaufen gab, in der Drogerie an der Hauptstraße, oder Zeitungen, Zeitschriften, die es ebenfalls in der Hauptstraße gab, im Laden des Herb. Meysel, der ein Briefmarkenhändler war, ein Philatelist, und Zeitungen und Zeitschriften nur nebenher verkaufte und, wenn man eintrat und eine Zeitung verlangte, verächtlich blickte. Wir brachten ihr Zeitungen, Zeitschriften und Traubensaft mit, der in dunkle Flaschen gefüllt war, die der Drogist in dünnes, seidenweiches Papier wickelte, bevor er sie uns reichte, und so, in dieses Papier gewickelt, stellten wir sie auf ihren Nachttisch, sie sah jedesmal hin, scheinbar überrascht, als hätten wir etwas Besonderes mitgebracht, etwas Überraschendes. Das war der Preis, den sie für ihren Rückzug aus der Stadt zahlte, die kleine Verstellung.

Bevor wir sie am Sonntag besuchten, gingen der Vater und ich in ein Lokal essen, es war immer dasselbe Lokal, ein Lokal der mittleren Preisklasse, würde ich heute sagen. Auf den Schnitzeln, die wir bestellten, und wir bestellten immer Schnitzel, lagen kleine Zitronenstücke, die in Edelstahlzwingen geklemmt waren; man drückte den Zitronensaft nicht mit dem Messer aufs Schnitzel, sondern indem man die Edelstahlzwingen an den dafür vorgesehenen Griffen faßte und sie zusammenpreßte. Der Wirt stand, die Hand am Zapfhahn, hinterm Tresen und blickte herüber; ein Radio lief, in dem sich drei über Gartenpflanzen unterhielten, die sich dauernd mit ihren Vornamen anredeten: Ei Heiner, ei Philipp, ei Babbet, sagten sie zueinander. Danach begann eine Sendung, die Lustige Musikanten hieß, die Sendung wurde angekündigt, und gleich hob ein Gedudel und Gefiedel an, das klang, als stammten die Melodien, die geblasen und gefiedelt wurden, aus verschiedenen Musikstücken. Wir redeten wenig miteinander, mein Vater und ich, es war, als sei ihm das Reden unangenehm, eine Pflicht. Beim Zahlen betrachtete er den Geldschein von beiden Seiten, bevor er ihn hinlegte, und beim Trinkgeldgeben sah ich ihm an, daß er im Kopf überschlug, wieviel er dem neuen Haushalt entzog, wie es ihn quälte, das schon hingelegte Markstück zurückzunehmen, um zwei Groschen hervorzukramen. Wenn wir aufstanden, war etwas Peinliches um seine Schultern. Er war groß, und ich war es gewohnt, daß er sich duckte, wenn er durch eine Tür ging; es war eine beiläufige, spielerische Bewegung, und er richtete sich danach gleich wieder auf, aber an diesem Tag, an den ich mich erinnere, an diesem Sonntagmittag, bevor wir ins Krankenhaus gingen, blieb er länger als nötig in dieser geduckten Haltung. Wieder auf der Straße, atmete er tief durch, ruckte mit den Schultern, drehte den Kopf hin und her, wie um zu prüfen, ob er noch derselbe sei.

Und ein anderes Mal, an das ich mich erinnere, gingen wir in einer Nachbarstadt viele Kilometer an einer langen Straße entlang; Trambahnen fuhren vorbei, aber er hatte kein Geld, um für uns beide einen Fahrschein zu lösen; es war Winter, der erste Winter in Wildenburg, wie es in diesem Jahr einen ersten Sommer und einen ersten Herbst gegeben hatte, es war ein mühseliges Gehen, weil es getaut und wieder gefroren hatte und die Wege glatt waren. Anfangs versuchte er mich abzulenken, indem er auf die Auslagen der Geschäfte zeigte, die schon weihnachtlich geschmückt waren, aber dann, als wir aus der Stadt heraus waren, in den Vorort kamen, in dem die Verwaltung des Werks lag, in dem er sich vorstellen sollte, gab es keine Geschäfte mehr. In der Hand hielt er die Aktentasche, in der die Unterlagen steckten, die Zeugnisse, der Lebenslauf, er schwieg, und ich glaubte, daß er sich die Worte zurechtlegte, die er bei dem Vorstellungsgespräch sagen würde, aber plötzlich, an einer Kreuzung, über die der

Wind pfiff, blieb er stehen, sah mich an, versetzte mir einen Stoß gegen die Schulter, rief: Na, Flüchtling! Und brach in ein Gelächter aus, das ich nicht verstand, das ich erst später verstand, viele Jahre später. Wir standen an dieser Kreuzung, der Wind pfiff, die Laternen begannen eben zu glühen, und er lachte, lachte so laut, daß ich mich umsah, weil ich fürchtete, jemand könne ihn hören, für verrückt halten und die Polizei alarmieren. Als er schon alt war, fragte ich ihn danach. Er konnte sich nicht erinnern, aber als ich ihm die Worte wiederholte, sagte er, das seien die Worte gewesen, die sein Vater zu ihm gesagt habe, 1918, als sie in Dresden aus dem Zug gestiegen seien, nach ihrer Ausweisung aus Lothringen. Seine Eltern hatten in einer Kleinstadt bei Metz gelebt und sich nach dem verlorenen Weltkrieg entscheiden müssen, ob sie die französische Staatsbürgerschaft annehmen wollten, in dem Fall hätten sie bleiben können, da sie das aber nicht wollten, hatten sie das Land verlassen müssen. Im Paß des Vaters stand der deutsche Name seines Geburtsorts, auf der Karte, auf der er ihn mir zeigte, der französische.

Mein Vater mochte nicht, was ich machte, es war ihm zu unseriös, dieses Herumreisen, dieses Schreiben, sagte er. Später, als er nicht mehr jung war, malte er sich im Kopf unentwegt Katastrophen aus; was er anpackte oder den Sohn anpacken sah, endete in seiner Vorstellung immer im Unglück; jeder Gedanke, den er dachte, nahm den jeweils schlimmsten Ausgang eines Unternehmens vorweg. Seine Sätze begannen mit *aber*, mit *trotzdem* oder, wenn etwas, wie er meinte, glücklich abgeschlossen war, mit *endlich*, hinter dem sich bereits die Furcht vor dem Neuen, Unbekannten, das er nicht einschätzen konnte, auftat. Was da noch alles kommen konnte. Er war besorgt oder erleichtert, aber nie zukunftsfroh, überall witterte er Gefahren, der Boden, auf dem er sich bewegte, war dünn geworden, er glaubte nicht mehr, daß er ihn trug, eher rechnete er damit, einzubrechen, ins Leere zu fallen, in die Dunkelheit, ins Loch, aus dem es kein Entrinnen gab. Er wanderte in einem finsteren Tal und sah auch die, die ihm nahestanden, darin, dauernd konnten neue Gefährdungen auf sie einstürzen. Gegen das ständig gegenwärtige Gefühl der Bedrohung half nur, den Kopf einzuziehen, in der Hoffnung, man könne sich an dem Verderben, das überall lauerte, vorbeimogeln. *Ich hoffe und wünsche,* schrieb er später in den Briefen. Was man darüber hinaus tun konnte? Versicherungen abschließen, vorsorgen, seinen Kram in Ordnung halten. Die Dinge mußten für den Notfall, der kam wie das Amen in der Kirche, gerichtet sein. Der Notfall! Dann endlich würde sich die Vorsicht, die man hatte walten lassen, auszahlen, die in Aktenordnern gehütete Sicherheit, die Policen und gegen das Unglück geschlossenen Verträge, dann träten sie in Kraft und nähmen der Not die Grausamkeit, der Krankheit den Schrecken. Dann, ach, wäre man auf triumphale Weise im Recht gegenüber den Leichtfertigen, den Windhunden, die nicht vorgesorgt, sondern über soviel Ängstlichkeit Witze gerissen hatten. Aber was war mit dem Tod, dem freischaffenden Meister? Er nahm mit am Tisch Platz und stand mit auf. Es gab keine Versicherung gegen ihn, nicht die vom Vater ersehnte; das wußte er, je älter er wurde, und je besser er es wußte, um so mehr klammerte er sich an die Vorstellung, alles sei, wenn man es nur richtig, ordentlich, gewissenhaft angehe, abwendbar oder in seinen immer entsetzlichen Folgen zumindest zu mildern. Das Letzte wollen wir doch nicht hoffen, hatte er schon früher gesagt, wenn das Letzte eine Rüge, ein Tadel im Klassenbuch gewesen wäre. Er aber hatte dahinter noch etwas anderes gesehen: wo die Ordnung, das Einvernehmen mit der Welt gestört waren, breitete sich der Schrecken aus, den es immer aufs Neue in jeder möglichen Erscheinungsform zu bekämpfen, einzudämmen, wegzuverwalten, durch Wohlverhalten zu besänftigen galt.

Wenn ich daran denke, daß du in keiner Versicherung bist, sagte er später, als er merkte, daß ich ein Herumreiser geworden war, wie er es nannte, wenn ich daran denke, kann ich keine Nacht ruhig schlafen – um dann von den jungen Ingenieuren zu erzählen, die in seinem Werk arbeiteten, von den Sozialleistungen, dem Urlaubsgeld, dem dreizehnten Monatsgehalt, das sie bekämen, er tat es wie ohne Absicht, um dann vom Heim anzufangen, von der Familie, die es zu gründen gelte. Noch bist du jung, noch ist es nicht zu spät, lockte ein Satz. Aber warte, bald ist die Zeit vergangen, bald bist du alt, drohte ein anderer.

Er mochte nicht, was ich tat, und nicht, was meine Freunde taten. Nur Götz, der noch mehr herumreiste als ich, Götz nahm er aus. Ich glaube, er tat es, weil Götz im Schwarzwald wohnte, in einem Dorf; die Wörter Dorf und Schwarzwald schienen ihm eine Verbindung darzustellen, die Sicherheit garantierte. Er war der einzige, nach dem er sich erkundigte, dem er Grüße ausrichten ließ. An dem Tag, an dem Götz' Karte ankam, rief er an. Ich las sie ihm vor, und er deutete Götz' Worte, bei jeder Reise denke er, es sei die letzte, als Hoffnung, als Vorsatz. Siehst du, rief er, er ist des Herumreisens leid (während ich darin Götz' Furcht erkannte, die Furcht, nicht mehr reisen zu können). Die Heftigkeit, mit der er das rief, zeigte mir, daß er mich noch immer als den Streuner sah, der sich in der Weltgeschichte herumtrieb, ohne etwas Rechtes zu tun. Er sah mich noch immer so, obwohl er wußte, daß ich längst nicht mehr reiste oder nicht mehr als andere; es schien, als habe er es nicht bemerkt.

Habe ich dir von der Frau erzählt, bei der ich neulich eingeladen war? (Du kennst sie nicht, ich habe sie erst kennengelernt, nachdem du in Berlin geblieben warst.) Die Wohnung, in die ich kam, war so mit Antiquitäten vollgestopft, daß ich mich aus Furcht, hier eine Putte herunterzureißen, da eine Zierleiste abzutreten, gleich auf ein Sofa gesetzt habe, und dort blieb ich den ganzen Abend sitzen. Nachdem sie die anderen Gäste begrüßt hatte, setzte sich die Frau neben mich, nahm meine Hand und sagte: Wissen Sie, Leiser, daß ich als Kind die Flüchtlingskinder gehaßt habe? Wie, sagte ich, denn ich hatte sie beobachtet, sie war in meinem Alter, und ich hatte eben darüber nachgedacht, wie sie als Kind gewesen sein mochte, und glaubte nun, sie hätte meine Gedanken erraten. Ja, sagte sie, denn die sind mir immer als Vorbild hingestellt worden, weil sie hochdeutsch gesprochen haben und ich nicht. Hörst du, habe der Lehrer gesagt, wie man das Wort ausspricht? Sprich es nach! Danach habe sie es versucht, aber es habe immer so geklungen, wie man das

Wort in F. aussprach, mit dem typischen Sch-Fehler, mit dem Schule wie Chule und Chemie wie Schemie klang, so daß sie schließlich aus Furcht, verspottet zu werden, kaum noch gewagt habe, den Mund aufzumachen. Sie lachte, und ich dachte daran, daß alles, was sie sagte – auch das, was sie mir eben erzählt hatte –, einen ironischen Beiklang hatte, wie um sich noch immer vor der Verletzung zu schützen. Sie drehte an einem Ring, der locker am Mittelfinger ihrer linken Hand saß, und begann mich dann nach Sardinien auszufragen, denn sie übersetzte Bücher aus dem Italienischen und wollte am nächsten Tag nach Cagliari fliegen, um den Autor des Buches zu treffen, an dem sie arbeitete.

Die Frau, auf die ich gewartet hatte, traf am Nachmittag in Rom ein. Ich holte sie vom Flughafen ab, und wir fuhren gleich weiter nach Civitavecchia, um noch am selben Abend auf die Fähre nach Sardinien zu gehen. Am nächsten Tag, frühmorgens, kamen wir in Olbia an und nahmen den Bus nach Nuoro, stiegen aber auf halber Strecke aus, in einem Ort, der ungefähr in der Mitte der Insel lag, an der Ostküste; ich hatte ihn ausgesucht, indem ich blind auf eine Stelle auf der Karte getippt hatte. Der Fahrer stellte das Gepäck, das in einer Luke unterm Bus verstaut war, die sich nur von außen öffnen ließ, auf die Straße, und wir gingen in das einzige Hotel, das am Hauptplatz lag, und trugen uns als verheiratet in den Meldezettel ein. Wir waren verheiratet, aber nicht miteinander. Der Mann an der Rezeption sah uns nach, als wir die Treppe hochstiegen, und schnalzte mit der Zunge. Ich bin sicher, daß

sie es hörte, aber sie war zu klug, um es sich anmerken zu lassen. Sie war damenhaft schön und gewandt, während ich vom vielen Herumfahren nachlässig geworden war und ganz abgerissen aussah.
Seit ich in Italien wohnte, gingen jeden Tag Briefe zwischen uns hin und her, telefonierten wir, wann immer es sich einrichten ließ, und wenn wir uns endlich wiedersahen, fingen wir schon im Taxi an, uns abzutasten. Liebst du mich noch, fragte sie, während ihre Finger an mir auf- und abglitten. Ich fühlte sie in meinen Armen, roch das kostbare Parfüm, spürte den weichen Stoff ihres Kleids und darunter jede Sehne, jeden Muskel, jede Faser, jeden Pulsschlag ihres Körpers, der fest und ohne jeden Makel war; um nichts in der Welt hätte ich sie aufgegeben. Aber nachdem wir einige Tage in diesem Ort, in diesem Hotel waren, verriet ich sie für die Stelle am Fluß, die ich gleich am ersten Tag entdeckt habe, für die Stelle, die ich meinte, als ich sagte, man könne seine Landschaft überall wiederfinden, wenn man nur den richtigen Bildausschnitt wähle.

Der Ort lag etwa einen Kilometer vom Meer entfernt. (Auf der Karte hatte es ausgesehen, als liege er direkt am Meer.) Auf dieser Seite der Insel war die Küste flach, doch am Ende des Ortes, nach Nuoro zu, stieg die Straße steil an in die Berge, die ihn im Westen wie ein Schutzschild umgaben.
Wir hatten uns gleich nach unserer Ankunft hingelegt. Die Frau war müde von der Reise, denn sie hatte auf der Fähre kaum geschlafen, und als ich merkte, daß sie tief und gleichmäßig atmete, zog ich mich an, ging hinunter und

wanderte, auf der Suche nach einem Restaurant, in dem wir am Abend essen könnten, durch die Straßen, bis ich aus dem Ort hinauskam, zu der Kreuzung, an der der Bus von der Küstenstraße abgebogen war.

Ein Schild zeigte in Richtung Olbia, ein anderes in Richtung Cagliari, ein drittes zum Strand, der Marina di Orosei; anstatt nun, wie ich es sonst getan hätte, dem Schild zum Strand zu folgen, ging ich die Straße ein Stück hoch und kam zu einer Brücke über einem ausgetrockneten Flußbett. Da ich glaubte, gleich zurück zu sein, hatte ich keine Nachricht im Hotel hinterlassen und überlegte nun, ob ich umkehren solle, doch dann bog ich auf einen Weg ein, der am Flußbett entlangführte, und fand so die Stelle, die ich gemeint habe.

Sie lag ein wenig erhöht, vor einem niedrigen Kiefernwald. Ich setzte mich in den Sand, der hell, fast weiß war, und blickte über den Fluß, in dem sich, so kurz vor der Mündung, wieder das Wasser gesammelt hatte. Vielleicht floß es ihm aus den Wiesen zu, zwischen denen er sich dahinschlängelte und die, Ende Mai, noch grün waren, noch nicht verbrannt, vielleicht wurde es vom Meer hereingedrückt, in dem er, wenige hundert Meter weiter, endete. Die Mündung war halb von Sandbänken zugeschwemmt. Ich saß da, ging herum, atmete, schaute. Und von nun an ging ich jeden Tag zu dieser Stelle, immer zur gleichen Zeit.

Es war gegen sechs Uhr am Nachmittag, als ich ins Hotel zurückkam. Die Frau schlief noch. Sie lag, zusammengekrümmt, unter dem dünnen Laken, ich küßte sie auf den Nacken, die Schulter, die sich dunkel unter dem Laken hervorwölbte; sie erwachte, schlang die Arme um meinen

Hals und fragte: Wo warst du? Ich habe ein Restaurant gesucht, antwortete ich.

Unser Zimmer lag zur Piazza hinaus. Als wir am nächsten Morgen aufwachten, hörten wir jemanden auf dem Platz singen. Wir traten ans Fenster und sahen einen Jungen, der auf einem schwarzen Rad freihändig um den Platz kurvte; er hielt die Arme vom Körper abgestreckt, fuhr in weitem Bogen um den Platz und sang dabei.

Nachdem wir gefrühstückt hatten, holten wir unser Schwimmzeug vom Zimmer und gingen los. Der Weg führte, nicht weit vom Flußbett entfernt, an dem ich tags zuvor entlanggewandert war, durch die Wiesen und endete an einer Bretterbude, in der ein Bärtiger Getränke verkaufte, die er umständlich aus einer Kühlbox kramte; dahinter begann der Strand. Die Sonne brannte herab, über der Flußmündung kreisten Möwen. Ich zog die Frau in die andere Richtung. Wir blieben über Mittag, kehrten dann ins Hotel zurück und legten uns hin. Als ich glaubte, sie sei eingeschlafen, wollte ich aufstehen, aber sie streckte die Hand nach mir aus und hielt mich fest. Nur einen Augenblick, sagte ich. Nein, bleib.

Aber ich löste mich von ihr und lief hinunter, wie auch am nächsten Tag und am übernächsten, an dem sie mir vorzuwerfen begann, daß ich mich mit dem Mädchen träfe, das mich an den Barmann in Anzio erinnerte, weil es eine ebenso braune Haut hatte wie er. Das Mädchen räumte abends die Tische ab, leerte die Aschenbecher, sammelte die Decken ein und stopfte sie in den Wäschesack, der neben der Tür zur Küche hing.

Sie sagte: Du triffst dich mit ihr. Nein, sagte ich.

Wenn ich losging, sah sie mir nach. Es schmerzte mich, und ich konnte sie dennoch nicht mitnehmen, weil ich allein an dieser Stelle sein wollte. Ich kam hin, setzte mich in den Sand, schaute, stand wieder auf, lief herum und fühlte eine sonderbare Erregung, die ich mir nicht erklären konnte, so, als sei ich unverhofft an eine Stelle gelangt, die mir ganz und gar entsprach. Ich konnte sie weder dahin mitnehmen noch ihr davon erzählen, weil ich fürchtete, das Wunder des Aufgehobenseins, das ich dort empfand, würde im gleichen Augenblick zerstört. Und am Abend stieß sie, als das Mädchen vorbeikam, den Aschenbecher vom Tisch. Ich weiß nicht, ob das Mädchen bemerkt hat, daß sie es absichtlich tat, jedenfalls ließ es sich Zeit, bis es mit Besen und Schaufel zurückkam. Als sie am Boden hockte, um die Scherben und Kippen zusammenzufegen, wandte sie uns den Rücken zu, und ich sah, daß ihre Bewegungen, die vorher leicht und fließend gewesen waren, eckig und langsam geworden waren.

Und am nächsten Tag, als ich wieder zur gleichen Zeit losgehen wollte, ergab es sich, daß wir zusammen das Hotel verließen. Wir trafen uns in der Tür; es war ein Zufall, ich hatte bis dahin noch kein Wort mit dem Mädchen gewechselt, und doch sah ich, als ich mich umdrehte, daß meine Geliebte im gleichen Augenblick von ihrem Tisch auf der Terrasse aufstand und uns nachkam. Anstatt nun den Weg zu meiner Stelle einzuschlagen, ging ich hinter dem Mädchen her; schon an der ersten Ecke schien sie es zu bemerken, denn ich sah, daß sie auffälliger ging, langsamer, wie darauf bedacht, daß ich sie nicht aus den Augen

verlor (während ich merkte, daß ich es ebenso hielt, auch ich ging auffälliger, gut sichtbar, wie um meiner Geliebten, die uns folgte, zu zeigen, daß sie mit ihrem Verdacht recht gehabt habe), und als das Mädchen in ein Haus ging, blickte ich mich noch einmal um und trat dann ebenfalls ein.
Sie stieg die Treppe hoch, während ich hinter der Tür stehenblieb. Es war ein altes, enggebautes Haus, das zur Straße hin wie eine Festung dalag, und die Treppe war aus in der Mitte heruntergetretenen Steinstufen. Ich hörte ihre Absätze die Treppe hinaufklappern, hörte, daß sie plötzlich innehielt, wie um zu lauschen, ob ich ihr nachkäme, dann weiterging, eine Tür aufschloß und wieder lauschte, derweil ich unten stand, hinter der Tür, die aus dicken Eichenbohlen war. Ich stemmte mich mit dem Rücken dagegen, um meiner Geliebten den Eintritt zu verwehren, aber sie kam nicht; es reichte ihr aus, daß sie gesehen hatte, wie wir in dasselbe Haus gegangen waren.
Ich wartete noch eine Weile, öffnete dann die Tür und schlich mich hinaus, zu der Stelle vor der Stadt. Fast kam ich zu spät; es war schon gegen sechs; die Schatten legten sich über das Kiefernstück, und die Luft war voller Harz. Auf den Sandbänken balgten sich die Möwen, flatterten auf, setzten sich, bis sie wieder kreischend aufstiegen, um sich ein Stück weiter niederzulassen. Und als ich, um die Unruhe, die sie ins Bild brachten, auszuschalten, die Hände als Sichtblenden neben die Stirn legte, erkannte ich, was es war, das den Reiz dieser Stelle ausmachte. Sie erinnerte mich an Plothow, an eine bestimmte Stelle am Kanal. Als ich es merkte, sprang ich sofort auf und lief zurück; ich

wollte nicht, daß die entfernten Stellen aneinanderrührten und Macht über mich ausübten. Ich dachte, daß ich der Frau nun erklären könnte, was es war, das mich nachmittags hinaustrieb, aber als ich ins Hotel kam, sagte der Mann an der Rezeption, daß sie abgereist sei, sua moglie è partita.

Siehst du, das ist die Geschichte, die ich dir nicht erzählt habe. Wenn ich von Italien erzählt habe, hörte ich immer mit Anzio auf, oder besser: mit der Rückkehr nach Rom, anfangs, weil ich dich nicht mit der Geschichte von einer anderen Frau kränken wollte, und später, weil ich glaubte, daß du aufmerken würdest, wenn du sie hörtest, aufmerken und diese kleinen, wachsamen Augen bekommen, mit denen du mich gemustert hast, wenn du meintest, du hättest mich erkannt.
Auch an dem Tag, an dem wir nach Berlin fuhren, hattest du diese Augen, nicht gleich natürlich, nicht gleich, am Morgen war noch alles wie immer, wie an den anderen Tagen, an denen wir wegfuhren, es war wie sonst auch: vom Wecker wach werden, im Stehen frühstücken, Kleider aus dem Schrank reißen, in den Koffer werfen, Streu im Katzenklo austauschen, Blumen gießen, Briefkastenschlüssel beim Nachbarn abgeben, Bücher für die Fahrt zusammensuchen, alles in Eile. Wir planten Tage vorher, führten aber alles erst im letzten Augenblick aus, hastig, gereizt. Nie wußten wir, was wir mitnehmen mußten, als sei jederzeit mit einem Kälteeinbruch zu rechnen, zerrten wir sogar die Mäntel hervor, die seit Monaten in den Schrank verbannt waren; alles schien in dem Augenblick, in dem

wir packten, möglich: Winter und Sommer. Festliches? Also Anzug, dunkles Kleid. Wanderung? Also Stiefel, Anorak. Schwimmengehen? Also Badehose, Badeanzug. Alles wurde aus dem Schrank gerissen, in die Hand genommen, aufs Bett geworfen, wo es bis zur Rückkehr liegen blieb, denn kurz bevor wir aufbrachen, merkten wir doch, daß wir nichts von alldem brauchen würden, und am Ende paßten die Sachen, die wir mitnahmen, in zwei mittelgroße Koffer, in deinen und meinen.
Es war also alles wie immer, oder? Nur daß die Unruhe hinzukam, die Unruhe wegen des Tages und weil wir die gleiche Strecke fahren würden. Ich hatte darauf bestanden, den Zug zu nehmen, während du gewollt hattest, daß wir fliegen.
Wären wir geflogen und nicht diese verdammte Strecke gefahren, an diesem Tag, vielleicht hätte ich es länger ausgehalten, sagtest du später.

Als ich an diesem Tag aus der Schule zurückkam, lehnte ich das Rad an die gleiche Stelle, an der sich die Mutter abgestützt hatte, bevor sie zum Wagen gegangen war, der sie zum Krankenhaus gebracht hat; der Lenker berührte genau die Stelle im Winkel der Balken, die sie mit der Hand berührt hatte, weil ihr schwindlig geworden war, als sie die Stufen hinabstieg. Ich lehnte das Rad gegen diese Stelle und sprang die Treppe hinauf, plötzlich in Eile, rasch, rasch, als ließe sich die Zeit einholen, die verstrichen war, während ich am Flüßchen entlanggefahren war, auf der Brücke gestanden hatte, durch die Straßen gekurvt war, rasch, rasch, sprang die Treppe hoch, stieß die Tür auf, mein Herz klopfte, ich hörte es im Hals klopfen, und als ich in die Küche kam, sah ich den Vater am Tisch sitzen, den Vater und zwei Frauen, Nachbarinnen, die eine vom gleichen Stock, die andere vom Stock darunter, auch sie wußten es schon, auch ihnen war es schon gesagt worden. Ich sah sie, wie ich ein Jahr zuvor die Mutter, die Eule und den Breitschädel in der Küche gesehen hatte. Der Vater hatte die Arme auf den Tisch gestützt und konnte vor Tränen nicht sprechen, er brauchte es auch nicht, aber es sollte auch sonst niemand sprechen. Die eine Frau stand auf, tat einen Schritt vor, wollte den Arm um mich legen. Weißt du es schon, fragte sie. Ich nickte, schob sie zurück, und da sagte sie: Wenn du sie noch mal sehen willst, mußt du mit ins Krankenhaus kommen, am Nachmittag wird sie eingesargt. Sie sagte es in diesem Dialekt, den die Mutter verachtet hatte, mit einem tief in der Kehle rollenden R, in dem *eingesargt* klang, als rollten Steine den Hang hinab. Und als ich nichts erwiderte, sagte die andere, die am Tisch sitzen geblieben war: Ist auch besser, wenn er sie nicht noch mal sieht, wenn er sie so in Erinnerung behält, wie sie war. Und wieder war es, als würde eine Lawine losgetreten, eine Steinlawine. Und plötzlich verlangsamte sich alles, hielt an. Ich drehte mich um, trat auf den Korridor hinaus und ging ins Wohnzimmer, in dem es noch immer, nach einem Jahr, neu roch, nach Farbe, Leim, Stoffen, Holz, und als ich auf dem Schrank, der zuletzt angeschafft worden war, die Vase entdeckte, die zu Hause in der Vitrine gestanden hatte, geschützt hinter Glas, befiel mich ein so großes Mitleid, wie ich es nie zuvor empfunden hatte. Ich sah sie auf dem Schrank stehen, dem schwarzen Ungetüm, auf dem sie nichts zu suchen hatte, hob sie, ihre Wölbung mit beiden Händen liebkosend, herunter, betrachtete sie und warf sie dann mit aller Kraft auf den Boden, wo sie mit lautem Knall zersprang. Die Nachbarin, die neben dem Vater am Tisch gesessen hatte, kam hereingestürzt; sie war eine kleine, rundliche Frau, eine Strähne hatte sich aus ihrem Haar gelöst und fiel ihr ins Gesicht, sie schob sie mit einer hastigen Bewegung zurück und hockte sich hin, um die Scherben aus der Nähe zu betrachten.

Es war die gleiche Frau, erzählte ich dir, die sich drei Tage später in der Friedhofskapelle zu mir herübergebeugt und geflüstert hat: Sind alle gekommen, Karsten, der Lehrer und die ganze Klasse, um deiner Mutter das letzte Geleit zu geben, stehn draußen, links und rechts vom Eingang, aber dreh dich nicht um. Und die gleiche, die, als wir vor dem Loch standen, dem Viereck, das die Friedhofsarbeiter aus der Erde gehoben hatten (sie standen ein Stück weiter, vor einer Hecke, auf ihre Schaufeln gestützt) – die gleiche, die sagte: Du mußt gar nichts tun, bleibst bei mir untergehakt, und wenn der Sarg runtergelassen ist, gehst du nach vorn, wirfst das Sträußchen drauf, ich stoß dich an, wenns so weit ist. Alles spannte sich in mir, als ich sie hörte, als ich ihren Arm an meinem Arm spürte, und doch ließ ich es zu, daß sie bei mir untergehakt blieb. Ist dir auch nicht zu warm in deinem Anzug, Junge, fragte sie.

Doch, es war mir zu warm, wie es mir Anfang Mai von nun an immer zu warm sein würde. Aber später, gegen

Ende des Monats, würden wieder kühlere Tage kommen, das wußte ich.

Nachdem die Beerdigung vorbei war, gingen wir zurück, der Vater und ich, und nachdem wir die Treppe hochgestiegen waren und er die Tür aufgeschlossen hatte, sahen uns all die Gegenstände an, die in den Paketen herübergeschickt, in den Koffern mit über die Grenze gekommen waren, alles hatte sie in den Händen gehalten, hatte in der Stadt, in dem Haus, in der Wohnung, aus der wir ein Jahr zuvor losgegangen waren, seinen Platz gehabt, und hatte nun keinen mehr. Wir traten ein, und ein Jahr danach (oder zwei?) begannen die Verbrechen, die die Hauptstraße leergefegt haben, durch die ich mittags auf dem Rückweg von der Schule kam.

Es fing mit dem Mord an, von dem ich in der Zeitung las: Ein Fernfahrer war nahe der Stadt auf einem Rastplatz im Führerhaus seines Wagens erdrosselt worden. Auf dem Foto, das ich in der Zeitung fand, sah es aus, als halte er etwas in der herabhängenden Hand, aber das Foto war grob gerastert und unscharf wie alle Fotos in dieser Zeitung, die auf schlechtem Papier gedruckt wurde, so daß ich nicht erkennen konnte, was es war, was er in der Hand hielt, etwas Weißes war es jedenfalls, ein Blatt Papier vielleicht, auf der eine Nachricht, eine Mitteilung stand. Ja, nachdem ich das Foto eine Weile betrachtet hatte, war ich sicher, daß es sich um eine Mitteilung handelte, und – merkwürdigerweise – ebenso sicher, daß es keinen gab, der ihr die nötige Beachtung schenkte. Ich hielt das Foto gegen das Licht, studierte es unter der Lupe, aber es gelang mir nicht, die Mitteilung zu entziffern. Schließlich schnitt ich das Foto aus und schob es in den Atlas, den braunen Diercke-Schulatlas, in dem ich noch andere Ausschnitte aufhob, damals war der Atlas mein liebstes Buch.

Nachmittags, nach der Schule, saß ich in der Küche und betrachtete die Landkarten, auf denen jede Linie eine Straße, eine Bahnlinie, einen Fluß, eine Grenze darstellte, und träumte davon, wie ich, wenn ich schon nicht über die eine Grenze zurückkonnte, so doch über die anderen wechselte, die Grenzen nach Norden, Westen, Süden, die offen waren, über die Grenze nach Italien etwa, in die Hafenstädte, von denen Schiffe nach Amerika fuhren, oder wie ich zu den Inseln floh, die Elba, Korsika, Sardinien hießen. Dort, dachte ich, würde mich keiner finden können, um mich nach Wildenburg zurückzuschleppen.

Ich las von dem Mord an dem Lastwagenfahrer, und am nächsten Tag hieß es schon, daß auch der Inhaber des Fotoladens umgekommen sei, der gleiche, der den Vater betrogen hatte. Nachmittags hielt er den Laden manchmal geschlossen, um zum Flugplatz zu fahren, einem kleinen Feldflugplatz vor der Stadt, von dem Sportmaschinen zu Rundflügen starteten. Er war Fallschirmspringer, jeder in der Stadt wußte es, denn er prahlte damit, wie er sich aus dem Flugzeug stürzte, um am Fallschirm zur Erde zu schweben.

Er muß es auch an diesem Tag versucht haben. Aber an diesem Tag, an dem ich von dem ersten Mord in der Zeitung las, kam er nicht unten an, das heißt, er kam an, aber anders, als er es sich vorgestellt hatte, jemand mußte die Gurte durchgeschnitten haben, die Gurte, die den Schirm hielten. Er fiel wie ein Stein zu Boden. Auf dem Foto, das ich am nächsten Tag in der Zeitung sah, war nur die Abdruckstelle zu erkennen, die sein Körper hinterlassen hatte, eine längliche Stelle im Gras.

Das nächste Opfer war der Briefmarken- und Zeitschriftenhändler, bei dem ich die Zeitungen und Zeitschriften gekauft habe, die ich der Mutter ins Krankenhaus mitbrachte. Er hatte seinen Laden ein paar Häuser weiter. Er war ein strenger gerader Mann, den außer Briefmarken nichts interessierte; sie lagen in schmalen Schubfächern, in einem Glasschrank, waren auf großformatigen Pappen, unter durchsichtige Papierstreifen gesteckt, im Schaufenster ausgestellt. Ihm mußte man ein Ziel setzen, um ihn von seinen vorausbedachten Wegen abzubringen, auf denen er sich, unerschütterlich gleichmäßig wie der Zeiger eines Perpendikels, zwischen Wohnhaus und Laden hin- und herbewegte; ihm mußte man, das war klar, einen Brief schreiben, etwa des Inhalts: man könne ihm eine besondere Marke anbieten, eine Kostbarkeit, die es nirgends sonst zu kaufen gäbe (und auch diese hier könne man ihm nur anbieten, weil sie aus einer dunklen Quelle stamme, einem Einbruch etwa), und ihn unter diesem Vorwand aus der Stadt hinauslocken. Tatsächlich wurde er in einem Waldstück über der Stadt gefunden, sein Hals war mit einem Papiermesser durchgeschnitten worden, und um ihn herum flatterten die Seiten des *Michel*, des Briefmarkenkatalogs, den er anscheinend zu dem Treffen mitgebracht hatte, um, bevor er in den Handel einwilligte, darin

nachzuschlagen, ob das besondere Stück, das er erwerben wollte, sein Geld wert sei.
Der vierte war ein Großer, Schwerer, vor dem ich, wenn er mir auf dem schmalen Fußweg entgegenkam, in den Rinnstein treten mußte, weil er mich sonst mit dem Ellbogen weggerempelt hätte. Ich kannte ihn nicht gut, nur von diesen Begegnungen auf der Straße, und machte mir auch hinterher, als er in dem Flüßchen gefunden wurde, nicht viele Gedanken. Er lag nicht anders als die Fische, die bauchoben zwischen den Steinen trieben, auf dem flachen Wasser, nur daß sein Bauch, über dem das Hemd hochgerutscht war, noch viel weißer war, madenweiß und mächtig. Er war der Inhaber des Haushaltswarenladens. Ihm folgten der Drogist, der Gemüsehändler, der Besitzer des Gardinen- und Bettengeschäfts, des Cafés, der Bilder- und Rahmenhandlung, alle hatte ich gesehen, wie sie mit dieser Ladenbesitzergeste, den Daumen in die Westentasche gehakt, vor ihren Laden getreten waren, und alle stürzten ab, ertranken, wurden vergiftet, mit durchgeschnittener Kehle im Wald oder im Winkel eines Hofes gefunden. Nach wenigen Wochen waren fast alle Läden in der Hauptstraße verwaist, sah ich an fast jedem ein Schild hängen: Wegen Trauer geschlossen. Ich ging wie ein Messer durch die Stadt.

Damals wohnte der Junge schon woanders.
Während der Beerdigung hatte er sich hinter den anderen versteckt gehabt, in der zweiten oder dritten Reihe, und doch hatte ich ihn sofort entdeckt, als wir, hinter dem Sarg her, aus der Kapelle getreten waren. Ich mußte blinzeln,

als wir ins Freie kamen, denn es war dunkel gewesen in dem kleinen Raum, in dem die Worte des Pfarrers dumpf, wie in einem Keller gesprochen, geklungen hatten, aber nachdem sich meine Augen an die Helligkeit gewöhnt hatten, an das weiße Mittagslicht, in dem alles zu flirren schien, sah ich seine Brille und die vorgeschobene Unterlippe; wenn er etwas beobachtete, schob er die Unterlippe vor. Er stand hinter den anderen aus meiner Klasse, sie senkten den Blick, als der Sarg vorbeigetragen wurde, er nicht; und zwischen ihren Köpfen sah ich ihn, sein blasses Geigenspielergesicht, die Brillenbügel funkelten, und ich dachte, daß er mich beobachtete, daß er wissen wollte, wie ich es trug, daß er in meinem Gesicht forschte, ob ich geweint hätte oder gleich zu weinen anfangen würde. Sein Rad lehnte neben den Rädern der anderen am Ende der Auffahrt, unten am Zaun. Nachdem wir an ihnen vorbeigegangen waren, schlossen sie sich uns an, und als ich mich umdrehte, sah ich, daß er die Geige dabei hatte, natürlich, sie waren ja aus der Schule gekommen, nach Ende der fünften Stunde, und er hatte sie mitgebracht, weil er hinterher noch zur Orchesterprobe ging, er war im Schulorchester, sie hatten alle ihre Mappen dabei, er aber auch die Geige. Das war im Mai gewesen, im hellen Mai, und als es November geworden war, sah ich ihn aus dem Haus kommen, neben dessen Eingang das Schild hing, auf dem *Klavier- und Geigenunterricht* stand.

Es war am frühen Abend, schon dunkel, ich war stundenlang durch die Stadt gestreunt, hatte in die Fenster gesehen, seit Mittag brannte das Licht in den Häusern, denn es war den ganzen Tag nicht richtig hell geworden, die Straßen waren naß und spiegelten die Lichter wider, die Lichter aus den Fenstern und die Lichter der Autos, die mit sirrenden Reifen vorüberfuhren; ich war die Hauptstraße hoch- und runtergeschlendert, dann durch die Nebenstraßen und Wohnviertel, ziellos anfangs, dann auf der Suche nach Telefonzellen. Ich suchte die ganze Stadt nach Telefonzellen ab, und sobald ich eine fand, trat ich ein, faßte in die Rückgabeöffnung des Automaten, tastete nach durchgefallenen, vergessenen Münzen, und als ich wieder in eine Telefonzelle trat, die letzte, bevor ich die Jagd nach Münzen abbrechen wollte, entdeckte ich die Fotos, Schwarzweißaufnahmen, sie steckten in einem Briefumschlag, der auf dem aufgeschlagenen Telefonbuch lag. Ich zog sie heraus und sah, daß es Fotos von Frauen waren, die nackt, mit weit geöffneten Schenkeln, auf einem Hocker saßen oder auf einem Sofa, einem Bett lagen und in die Kamera blickten; ein Schreck durchfuhr mich, ein heißer Schreck, und ein Verlangen, das ich schon kannte, das ich herbeiwünschte und das mich gleichzeitig hilflos machte, hilflos und zittrig. Ich schob den Umschlag in den Anorak und stürzte hinaus, aus dem blanken Licht der Telefonzelle in die Dunkelheit zurück, und ein paar Straßen weiter sah ich den Jungen; er trat, den Geigenkasten in der Hand, aus dem Haus, an dem das Schild hing, und überquerte die Straße. Ich ging ihm nach, bog in jede Straße, in jede Gasse, in die er auch einbog, ohne daß er mich bemerkte, und so kamen wir in die Altstadt. Ein Nieselregen hatte eingesetzt, fiel lautlos durch das Licht, das die Laternen warfen, in meiner Tasche brannten die

Fotos, und als er eben wieder unter einer Laterne durchging, überholte ich ihn, zog den Umschlag hervor und rief: Ich hab was für dich, schau. Dabei nahm ich die Fotos heraus und hielt sie ihm hin, wie man in den Comic-Heften, die ich las, einem Pferd eine Mohrrübe hinhielt, und er folgte mir, folgte mir tatsächlich, die Augen hinter den beschlagenen Brillengläsern groß und verwundert. Ich zog mich in einen Torbogen zurück, er kam mir nach, und als er die Hand ausstreckte, die Fotos nahm, versetzte ich ihm einen Stoß gegen die Brust, der ihn zurücktaumeln ließ, riß ihm den Geigenkasten weg und schmetterte ihn auf die Steintreppe, die hinter dem Torbogen zum Kirchplatz anstieg. Ich holte aus und schlug zu, das Holz splitterte, ich hörte, wie es unter den Schlägen zersprang, und lief dann auf die Straße zurück, während er noch, benommen von dem Stoß, den er abbekommen hatte, die Fotos hielt. Die Fotos ließ ich ihm. Ich hatte nicht darüber nachgedacht, aber später glaubte ich, daß er mich ihretwegen nicht verraten hat; er konnte mich nicht verraten, ohne sich selbst zu verraten. Und ein Vierteljahr später, im gleichen Monat, in dem wir in die Quarta versetzt wurden, zog er mit seinen Eltern weg, in eine andere Stadt.

An dem Morgen im Frühstücksraum des Hotels in Kilronan tat er, als läse er Zeitung, aber in Wirklichkeit beobachtete er mich; während ich glaubte, daß ich ihn beobachtete, ließ er mich nicht aus den Augen, denn er hat mich gleich erkannt, davon bin ich überzeugt. Er muß triumphiert haben, als er sah, daß ich den Block liegen ließ, er brauchte ihn bloß zu nehmen und einzustecken. Später wunderte ich mich, daß er ihn nicht behalten hat, aber er scheint ihn gar nicht aufgeschlagen zu haben, sonst hätte er gesehen, daß auch über ihn etwas darin stand. Nachdem ich in der Nacht aus dem Pub zurückgekommen war, hatte ich mir notiert, wie ich ihn in der Betonmuschel sitzen gesehen hatte und wie er mir später an der Rezeption und im Pub wiederbegegnet war. Aber meine Notizen schienen ihn nicht interessiert zu haben; es reichte ihm aus, meinen Namen zu lesen. Ich hatte aus der Zeit, in der ich meine Notizblöcke überall liegen ließ, die Angewohnheit beibehalten, auf jeden Block, den ich anfing, ein Schildchen mit meinem Namen und meiner Adresse zu kleben. Er las meinen Namen, und wenn er bis dahin noch unsicher gewesen war, ob ich es sei, wußte er es jetzt, während ich noch nicht wußte, wer er war, als ich den Block wieder an mich nahm. Ich erkannte ihn erst, als er über mir stand und mit dem Stein ausholte.

Sie ist mit dem Taxi abgefahren. Er habe ihr den Koffer zum Auto getragen, sagte der Mann an der Rezeption. Ich starrte ihn an und rannte dann die Treppe hinauf, um zu sehen, ob sie eine Nachricht hinterlassen hätte. Ich glaubte, daß ich ihr wenigstens eine Nachricht wert sei, eine Erklärung, auch wenn ich ihr keine Erklärung hatte geben können. Aber, siehst du, anders als du verstand sie sich nicht auf das Nachrichtenhinterlassen und Erklärungenabgeben. Sie hatte ihre schönen, leichten Kleider aus dem Schrank genommen (er stand offen, als ich eintrat), ihre Schminksachen von der Ablage im Bad geräumt, das

Zimmer abgeschlossen, den Schlüssel bei der Rezeption abgegeben, war durch die Tür gegangen und ins Taxi gestiegen.
Wohin sie gefahren war, konnte der Mann an der Rezeption nicht sagen. Mo, sagte er, hob die Schulter und legte den Kopf schief. Bitte, flehte ich, bitte, ich brauche auch ein Taxi, aber er sagte, daß es kein Taxi mehr gebe, das einzige Taxi im Ort habe die Signora genommen.

Ich setzte mich auf die Terrasse, an den gleichen Tisch, an dem sie gesessen hatte, als ich aufgebrochen war, um zu meiner Stelle am Fluß zu gehen, und dachte, am besten sei es, dort auf sie zu warten, darauf, daß sie zurückkäme oder anriefe. Besser jedenfalls, als ihr nachzufahren. Wohin auch, in welche Richtung? Genauso gut, wie es sein konnte, daß sie nach Olbia fuhr, um auf die Fähre zu gehen, konnte es sein, daß sie sich nach Cagliari bringen ließ, um zurückzufliegen. Und außerdem, wenn sie anriefe und ich wäre nicht da, könnte sie glauben, ich sei noch immer bei dem Mädchen, in dessen Haus sie mich hatte gehen sehen. Wenn sie anriefe, dachte ich, könnte ich ihr alles erklären. Aber sie rief nicht an, nicht an diesem Abend, nicht am nächsten, überhaupt nicht mehr, auch nicht, als ich wieder in Rom war, und wenn ich sie anrief, ließ sie sich verleugnen, und auf meine Briefe antwortete sie nicht.
Ich bestellte einen Grappa, dann noch einen, und als es dunkel wurde und immer mehr Leute auf die Terrasse kamen und sich an die Tische setzten, zahlte ich, stieg die Treppe hinauf, und eine Stunde später kam das Mädchen

in mein Zimmer, das Mädchen, das Mariam hieß, nicht Maria, sondern Mariam. Sie hatte sich von Pakistan aus den Weg nach Sardinien gebahnt, durch Bergschluchten, über Flüsse, auf Eselskarren, Lastwagen, in Zügen und auf Schiffen bis auf diese Insel, in diesen Ort, in dieses Zimmer.

Aber davon wußte ich noch nichts, als sie eintrat. Bist du aus Äthiopien, fragte ich, da ich annahm, alle dunkelhäutigen Mädchen, die in italienischen Hotels arbeiteten, stammten aus Äthiopien. Sie schüttelte den Kopf, ging, als sei sie nur deshalb hereingekommen, zum Fenster, klinkte es auf und beugte sich hinaus, so daß alle, die auf der Piazza vorbeigingen, sie sehen konnten. Es war gegen zehn, die Stunde, zu der alle auf dem Platz promenierten, alle, die tagsüber unsichtbar waren, abends kamen sie aus ihren Häusern und wanderten auf dem Platz herum, ihre Schritte, ihre Stimmen schallten herauf. Sie blieb so lange am Fenster stehen, bis ich aufstand und mich neben sie stellte, so daß wir beide am Fenster zu sehen waren, ich nur in Shorts, ich hatte mich, nachdem ich heraufgekommen war, ausgezogen und aufs Bett gelegt, und sie in dem gleichen weißen Schürzenkleid, das sie anhatte, wenn sie die Tische auf der Terrasse abräumte.

Einen Augenblick standen wir nebeneinander am Fenster, blickten auf den Platz, und die Leute auf dem Platz blickten zu uns herauf. Gegenüber, im Schatten der Hauswand, sah ich die alten grauen Männer, die immer da waren, die Mittagsstunden ausgenommen, mittags, schien es, wurden sie ins Haus geholt, von den kleinen runden Tischen weg, an denen sie saßen, damit sie nicht von der Sonne verbrannt wurden, und von der späten Nachmittagsstunde an saßen sie wieder da (wie zurückgetragen), von der späten Nachmittagsstunde an bis in die Nacht, immer vor einer leeren Tasse, einem hohen schmalen Glas, ebenfalls leer. Sie stützten sich auf ihre Stöcke und starrten zu uns herauf, und in der Nacht träumte ich, sie seien die Herren des Wassers, sie stießen den Stock auf die Erde, und von überall her sprudelte es hervor, perlte aus den Steinritzen, floß aus dem Boden, schoß in Fontänen auf, fiel als Regen vom Himmel, alles schien sich auf ihren Stockstoß hin in Wasser zu verwandeln, aber wenn sie ihn ein zweites Mal aufstießen, versiegte es wieder, zog es sich gurgelnd zurück und verschwand.

Als ich aufwachte, kauerte das Mädchen am Fußende des Bettes, sie hatte die Beine angezogen, die Arme um die Knie geschlungen, und sah mich an. Warum bist du mir nachgegangen, fragte sie, als sie merkte, daß ich wach geworden war. Warum ist deine Frau abgereist?

Sie hatte einen kleinen harten Körper, von dem, als ich ihn berührte, ein leises Knistern ausgegangen war. Ihre Haut war weich, glatt, und dennoch war dieses Geräusch entstanden, als wir beieinander lagen, dieses Geräusch, vor dem ich zurückgeschreckt war, es war ihr Geräusch, wie von vertrockneten Blättern, von Pergament, und es kam nicht von ihrer Haut, sondern aus ihr heraus, es füllte sie aus. Es ist nichts, hatte sie gesagt, als sie gemerkt hatte, daß ich erschrak, und mich über sich gezogen.

Sie kam aus einem Ort, von dem ich nie gehört hatte und dessen Namen ich wieder vergessen habe, und erzählte, daß sie zum Studieren nach England geschickt worden sei, weil auch ihr Vater in England studiert habe, Medizin; auch sie begann, Medizin zu studieren, wollte Ärztin werden, aber nachdem ihr Vater gestorben war, wurde sie nach Pakistan zurückgerufen, zurückbefohlen, hielt es aber dort, in der Familienenge, in der sie auf Schritt und Tritt überwacht wurde, nicht mehr aus. Die Briefe ihres Freundes, eines Engländers, wurden abgefangen, und eines Tages, als ihre Sehnsucht schon so groß geworden war, daß sie sich mit kleinen Messern Wunden beibrachte, um durch den Schmerz die Sehnsucht, das Unerträgliche, zu betäuben, kamen amerikanische Hippies ins Dorf, in die Stadt. Sie waren mit einem umgebauten Lastwagen unterwegs, wollten auf dem Landweg nach Europa, und diesen Verwilderten, Bärtigen, Bunten schloß sie sich an, als sie weiterzogen, nach England, nach England, dachte sie, hat England aber nicht erreicht. Weiter nach Westen als bis nach Italien ist sie nicht gekommen, noch nicht, denn sie wollte weiter, sobald sie genug Geld gespart hätte. Sie hatte erst in Rom gearbeitet, im Krankenhaus, dann, schon auf Sardinien, als Zimmermädchen an der Costa Smeralda, und arbeitete nun hier, in diesem Hotel. Von Rom aus hatte sie ihrem Freund geschrieben, aber keine Antwort erhalten; dennoch wollte sie noch immer nach England, um ihn wiederzusehen, um zu Ende zu studieren. Im Herbst, sagte sie, vielleicht im Herbst.

Ich war nicht zufällig nach Sardinien gekommen, zufällig war nur der Ort, den ich ausgesucht hatte, indem ich blind auf die Landkarte getippt hatte, aber ich hatte nicht vorgehabt, in diesem Ort zu bleiben. Ich war hergekommen, um jemanden zu suchen, oder besser: die Spur, die er hinterlassen hatte. Ich dachte, daß etwas von ihm übrig geblieben sein mußte auf dieser Insel, die er zum Ausgangspunkt seiner Unternehmungen hatte machen wollen, die zum Kristallisationspunkt für seine Träume geworden war. Ich habe dir von ihm erzählt.

Er hatte lange als verschollen gegolten, verschollen oder untergetaucht. Er war ein berühmter Journalist, Italiener, und hatte sich vom Konservativen zum Linken gewandelt, zum militanten Linken (wie sich später die militanten Linken zu Konservativen wandelten, oder wenigstens einige), daran, daß er untergetaucht oder verschollen war, hatten sich viele Mutmaßungen, Verdächtigungen geknüpft; in jeder Zeitung hatte sein Bild gestanden, war über ihn geschrieben worden, auch in Deutschland, in Berlin, wo ich damals wohnte, mal hieß es, er habe sich, seines Ruhms überdrüssig, in ein Abruzzendorf zurückgezogen, wo er unerkannt lebe, mal, er sei nach Südamerika gegangen, um sich einer Befreiungsbewegung anzuschließen, mal, er sei auf einer Asienreise gestorben. Ich kannte ihn, aber ich kannte ihn nicht gut, deshalb war ich überrascht, als er anrief und fragte, ob er mich treffen könne, und als ich ihn traf, hätte ich ihn beinahe nicht erkannt. Er saß in einer Ecke des chinesischen Restaurants, in dem wir uns verabredet hatten, und ließ mich dreimal an sich vorbeigehen, bevor er sich zu erkennen gab. Er trug das Haar anders, anders gescheitelt, hatte sich einen Bart wachsen lassen und die Maßanzüge, die er früher getragen hatte, gegen Cordhose, Pullover und Windjacke vertauscht. Später sah ich, daß er immer Blockschokolade und Kekse dabei hatte,

seine Überlebensration, wie er sagte. Ich setzte mich, und natürlich wollte ich wissen, wo er sich versteckt hielte. Auf Sardinien, sagte er, denn wenn es eine Revolution in Italien gäbe, würde sie von den sardischen Hirten ausgehen, die zu den Ärmsten in Europa gehörten und den Staat schon immer bekämpft hätten, jeden Staat, jede staatliche Ordnung, sie seien immer Banditen gewesen und würden es bleiben; es sei seine Aufgabe, bei ihnen zu sein und die Gewalt, die in ihnen sei, zu lenken. Er gebrauchte das Wort *Bandit* als Auszeichnung, und an diesem Tag, an dem wir in der Ecke des chinesischen Restaurants in Berlin saßen, verstand ich es ebenso.
Nachdem wir gezahlt hatten, begleitete ich ihn zu dem Haus, in dem er abgestiegen war, er wollte mir einen Brief geben, den ich nach Frankreich mitnehmen sollte, doch als wir eben die Straße überqueren wollten, um in das Haus zu gehen, hielt er mich am Arm fest und zeigte auf ein Auto, in dem zwei Männer saßen; es stand genau vorm Eingang des Hauses, und er glaubte, daß es seinetwegen dort stünde, daß die Männer auf ihn warteten. Er war überzeugt davon, daß sein Schlupfwinkel verraten worden sei, und so nahm ich ihn mit in meine Wohnung. (Er schlief in dem Zimmer, das ich dann an die junge Frau vermietet habe, die ich an dem Abend, an dem du mir mitgeteilt hast, du würdest in Berlin bleiben, wiedersah.) Er blieb zwei Tage, schlief lange, telefonierte viel, ging gegen Mittag weg und kam nachts zurück, mit Packen von Büchern und Landkarten, über denen er bis zum Morgen hockte, und am Morgen des dritten Tages brachte ich ihn zum U-Bahnhof Hansa-Allee.

Komm nach Sardinien, sagte er, bevor er die Stufen hinabschritt und verschwand.

Als ich nach Sardinien kam, lebte er schon nicht mehr, und doch war ich seinetwegen hergekommen, hatte ich seinetwegen meiner Geliebten vorgeschlagen, nach Sardinien zu fahren und nicht auf eine andere Insel. Nachdem ich einige Tage mit ihr zusammen gewesen wäre, wollte ich nach Orgosolo fahren und versuchen, einen Mann zu treffen, der ihn gekannt hatte. Ich hatte die Adresse dieses Mannes und dachte, daß er mir etwas über die Zeit erzählen könne, die der Journalist bei den Hirten zugebracht hatte, daß er mich vielleicht in die Berge führe, um mir das Versteck zu zeigen. Ich hatte vorgehabt, allein zu fahren und danach zurückzukommen, um noch ein paar Tage mit meiner Geliebten zusammen zu sein, bevor sie nach Hamburg zurück mußte. Aber nun, da sie abgereist war, gab es keinen Grund, die Fahrt nach Orgosolo aufzuschieben. Ich hatte allein fahren wollen, aber nachdem ich Mariams Geschichte gehört hatte, fragte ich, ob sie mitkommen wolle, doch sie schüttelte den Kopf, stand auf und begann sich anzuziehen.
In zwei Tagen komme ich zurück, sagte ich, bevor sie hinausging. Aber als ich zurückkam, war sie ebenfalls abgereist – abgereist oder weggeschickt worden, das ließ sich nicht herausfinden.

Zwei Tage war ich in Orgosolo, zwei Tage und zwei Nächte, wanderte durch die Straßen, ging in die Bars, auf den Markt, zum Bocciaplatz und zeigte das Foto herum, das ich aus einer Zeitung ausgeschnitten hatte. Es zeigte nicht den Bärtigen, der mir in dem chinesischen Restaurant gegenübergesessen hatte, sondern den Glattrasierten im maßgeschneiderten Anzug, der er vorher gewesen war, und dennoch hätten ihn die Leute erkennen müssen, denn es handelte sich um das Foto, das in allen Zeitungen abgedruckt war, und wenn sie sich daran nicht erinnerten, hätten sie sich an den Namen erinnern müssen, jeder in Italien kannte diesen Namen, aber alle taten, als hörten sie ihn zum ersten Mal, non conosco, hieß es überall, wo ich nach ihm fragte, oder: non lo so. Auch der Mann, dessen Adresse ich hatte, schüttelte, nachdem ich ihn endlich gefunden hatte, den Kopf: den da, den habe er nie gesehn. Dabei war es nicht mehr gefährlich, ihn zu kennen, er war schon seit Jahren tot; er hatte sich, als er einen Strommasten sprengen wollte, selbst in die Luft gesprengt; sein Körper, seine Hände, sein Gesicht waren zerrissen worden, aber er war dennoch identifiziert worden, anhand seiner Zähne, seines Gebisses, von dem sein Zahnarzt einen Abdruck besaß.

Am Mittag des dritten Tages fuhr ich zurück, und als ich ins Hotel kam, gab mir der Mann an der Rezeption, der gleiche, der meiner Geliebten den Koffer zum Taxi getragen hatte, einen Umschlag, auf dem mein Name stand. Ich riß ihn auf, faltete das Blatt auseinander, das darin steckte, und sah, daß es mit feinen federleichten Schriftzeichen bedeckt war, die ich nicht entziffern konnte.

Sehen Sie, sagte ich und zeigte es dem Mann. Er betrachtete es, lächelte und sagte dann, die Pakistanerin arbeite

nicht mehr hier. Warum, fragte ich, wo ist sie jetzt? Aber er wußte es nicht oder tat, als wisse er es nicht.
Bevor ich abreiste, ging ich zu dem Haus, zu dem ich ihr gefolgt war, stieg die Treppe hoch, auf der ich ihre Absätze gehört hatte, klopfte an die Tür, aber es öffnete niemand. Nach einer Weile rief aus dem Stockwerk darunter eine Frauenstimme, la signorina sei ausgezogen. Ich rannte die Treppe hinab, aber im gleichen Augenblick, in dem ich unten ankam, wurde die Tür zugeschlagen. Ich klopfte, wartete und ging dann, da ich einsah, daß sie mir nicht öffnen würde, auf die Straße zurück.

Ich habe den Brief noch (sofern es ein Brief ist), und einmal, als Götz da war, der viele Sprachen beherrscht, sich in vielen Schriften auskennt, holte ich ihn hervor; ich wollte, daß er ihn mir übersetzt, ging in mein Arbeitszimmer, zog den Ordner hervor, nahm den Brief heraus, aber als ich ihn in den Händen hielt und die Schriftzeichen sah, die ein wenig verblaßt waren – sie waren mit grüner Tinte auf das Blatt gemalt –, wurde ich unsicher, ob es richtig sei, ihn übersetzen zu lassen, und legte ihn in den Ordner zurück. Aber es kann auch anders gewesen sein, ganz anders. Ich weiß nicht, ob du an diesem Abend dabei warst. Vielleicht hattest du dich schon hingelegt, denn anders als in den ersten Jahren, die wir zusammen waren, wurdest du schnell müde, wenn das Gespräch abzuschweifen begann, und die Gespräche mit Götz schweiften immer ab, wir sprangen in unseren Gesprächen von Land zu Land. Es kann auch sein, denke ich, daß ich den Brief in den Ordner zurückgelegt habe, um dir nicht erzählen zu müssen, wie es nach Anzio weitergegangen ist. In dem Fall wärst du noch aufgewesen und hättest mit uns im Wintergarten gesessen, in dem ich dir nachts von Plothow erzählt habe, denn wir saßen immer im Wintergarten, wenn Gäste da waren, obwohl Götz in dem Sinne kein Gast war, aber wir saßen immer da, wir hatten ja nur unsere beiden Arbeitszimmer, und wenn wir uns nicht am Schreibtisch gegenübersitzen wollten, mußten wir in diesen Raum gehen, in dem ein großer Tisch stand, der einzige, der nicht mit Papieren vollgeräumt war.

Wenn es eine Stelle in Europa gibt, von der aus man Amerika sehen kann, muß es Dun Aengus sein, die vorgeschichtliche Festung, die auf der Westseite von Inishmore an den äußersten Rand der Steilküste gebaut ist, hundert Meter über dem Meer; zur Landseite hin wird sie von drei halbkreisförmigen Ringwällen umschlossen, von denen der innerste mit Kammern und Gängen versehen ist, Kammern zur Vorratshaltung, Gängen zur Flucht. In dem Buch, das ich mit auf die Arans genommen hatte, hieß es, sie sei die gewaltigste Befestigungsanlage Westeuropas und bis heute wisse keiner, weshalb sie an dieser Stelle errichtet worden sei, denn es habe niemanden gegeben, keinen noch so mächtigen Feind, der es vermocht hätte, die Insel von dieser Seite, der Seeseite, her anzugreifen. Aber vielleicht, hieß es weiter, seien die Inseln damals durch einen schmalen Landstreifen mit dem Festland (der größeren Insel Irland also) verbunden gewesen. Doch das war eine Vermutung, unbewiesen, und auch sie konnte die Lage der Festung nicht erklären.

In der Nacht, in der ich immer wieder vom Klappen des Fensterladens wach geworden war, hatte ich mir die Karte angesehen, die Karte von den Arans, die ich in Galway gekauft hatte, und mir den Weg eingeprägt, der nach Dun Aengus führte, oder Dún Aonghasa, wie es auf der Karte hieß, auf der die Ortsnamen auf Gälisch angegeben waren, und am Morgen, nachdem ich meinen Notizblock wiedergefunden hatte, ging ich los.

Ich trat auf die Straße hinaus und ging an den niedrigen Cottages vorbei, bis ich zu dem Platz kam, der überm Hafen lag (es war kein richtiger Platz, mehr eine Verbreiterung der Straße, die zum Hafen hin von einer niedrigen Mauer eingefaßt war). Als ich am Abend zuvor aus dem Pub zurückgekommen war, hatte ich gesehen, daß dort Pferdekutschen standen, hochrädrige schwarze Chaisen mit einem Klappverdeck, und tatsächlich, als ich den Platz erreichte, sah ich, daß sie auch an diesem Morgen dort standen. Die Kutscher saßen nebeneinander auf der Mauer und rauchten. Nach Dun Aengus, rief ich, worauf einer, der jüngste, aufstand, die Zigarette austrat und auf den Kutschbock kletterte. Gleich darauf fuhren wir aus Kilronan hinaus, zur Rechten lag das Meer, dahinter dämmerten die Berge von Connemara, zur Linken, nach Westen zu, stieg das Land hügelig an, die Luft war klar und schmeckte nach Ginster.

Nachdem wir eine Weile gefahren waren, entdeckte ich den Mann aus dem Frühstücksraum, der meinen Notizblock an der Rezeption abgegeben hatte, er ging auf der rechten Straßenseite. Zum ersten Mal, seit ich ihn auf der Treppe gesehen hatte, sah ich ihn gehen – im Pub hatte er am Tresen gestanden, im Frühstücksraum gesessen –, er hinkte ein wenig, aber er ging aufrecht, ohne diese windenden Bewegungen, die etwas Schlangenhaftes gehabt hatten, anscheinend, dachte ich, hatte sich sein Hüftleiden gebessert. (Ich ging noch immer davon aus, daß er ein Hüftleiden hatte.) Als er die Kutsche hörte, blieb er stehen und blickte uns entgegen. Ich zog den Block hervor und winkte. Obwohl es eine Selbstverständlichkeit gewesen war, daß er den Block abgegeben hatte, wollte ich mich mit dieser Geste bei ihm bedanken. Aber er winkte nicht zurück, sondern machte ein paar Schritte in eine Wiese hinein und starrte, während wir an ihm vorbeirollten, zu den Bergen von Connemara hinüber.

Vor einem breiten Weg, der von der Straße weg hangaufwärts führte, hielt der Kutscher, ich stieg aus und wanderte in den Weg hinein; anfangs war er noch befestigt, und es war ein leichtes Gehen, dann verengte er sich immer mehr und lief in einen Feldweg aus, links und rechts ragten die Mauern auf, er war wie alle Wege auf der Insel von Mauern eingefaßt, die aus grauen Feldsteinen aufgeschichtet waren; noch das kleinste Stück Land, das sich bebauen ließ, war mit diesen Steinen eingefaßt, die der Regen aus dem Boden gewaschen hatte, die Inselleute hatten sie gesammelt und zu Mauern, Wällen, Steinbegrenzungen aufgeschichtet. Nachdem ich einige Zeit gegangen war, sah ich einen Steinwall, der sich in weitem Bogen über den Hang spannte, und da ich glaubte, ich hätte den ersten, den äußeren Ringwall gefunden, kletterte ich über die Mauer, die sich längs des Weges den Hang hinaufzog, und wanderte querfeld weiter, bis ich vor der nächsten Mauer stand, auch über diese klettern mußte und nach dieser über die nächste. Es schienen immer mehr Mauern zu werden, und außer daß ich wußte, daß ich mich hangaufwärts halten mußte, wußte ich plötzlich nichts mehr, und nach einer Weile merkte ich, daß ich mich in diesem Labyrinth aus Mauern verirrt hatte. Jedesmal, wenn ich über eine Mauer geklettert war, glaubte ich schon, das Meer zu hören, das gegen die Steilküste anrannte, auf der Dun Aengus lag, doch wenn ich über sie hinweg war, sah ich die nächste Mauer, den nächsten Steinwall; es war das Steingrau von Wildenburg, von dem ich umgeben war, das gleiche ausgewaschene, verwitterte Grau, wohin ich sah. Schließlich setzte ich mich ins Gras, das zwischen den Steinen wuchs, zog die Schuhe aus und legte mich auf den Rücken. Aber ich schlief nicht ein, zum Glück schlief ich nicht ein.

Es hätte leicht geschehen können, daß ich eingeschlafen wäre, denn in mir pochte eine unendliche Müdigkeit, nicht nur die Müdigkeit der vergangenen Nacht, in der ich kaum geschlafen hatte, sondern auch die Müdigkeit der Reise, des Flugs, der Busfahrten, des Übersetzens mit der Fähre, aber ich schlief nicht ein, auch wenn ich die Augen geschlossen hielt, sondern lag nur da, auf dem Rücken, die Hände unter dem Kopf verschränkt, und sog die Luft ein, die nach Salz, Erde, Kräutern schmeckte und manchmal, als hätte der Wind an den Mauern gefeilt, nach Stein. Die Sonne schien; wenn ich durch die Augen blinzelte, sah ich kleine Wolken vorbeifliegen, ihre Schatten huschten wie Tiere über den Hang.

Ich weiß nicht, wie lange ich so dalag. Eine halbe Stunde,

länger? Und als ich eben aufstehen wollte, um weiterzugehen, sah ich ihn, den ich auf der Pier, an der Hotelrezeption, im Pub, im Frühstücksraum und zuletzt auf der Straße gesehen hatte, hinter einem Mauervorsprung hervortreten.

Mit wenigen Schritten war er heran. Er hielt die Arme vorgestreckt und in den Händen den Stein, einen großen Brocken, und erst da, in diesem Augenblick, in dem er über mir stand und den Stein hob, mit dem Stein ausholte, den Stein herabsausen ließ, erkannte ich ihn. Ich krümmte mich weg, zog mich zusammen, und das Ding, das für meinen Kopf bestimmt war, traf den Fuß, das Fußgelenk, das mit einem knackenden Geräusch (als würde eine Nußschale aufgebrochen) zersprang. Einen Moment verlor ich wohl das Bewußtsein, es war, als fiele ich in einen schwarzen Brunnenschacht, und als ich daraus wieder auftauchte, sah ich ihn neben mir herumkriechen. Er atmete ruckartig, zuerst hörte ich ihn atmen, seine Unterlippe war vorgeschoben, und während er das eine Auge zuhielt, war das andere, mit dem er jeden Grashalm, jeden Stein, jeden Erdkrumen fixierte, weit aufgerissen. Schließlich fand er, was er suchte, das winzige, farblose Blättchen, das ihm das Brillenglas ersetzte, rieb es am Pullover ab, putzte es mit einem Papiertaschentuch, tauchte es in ein Fläschchen, das er aus seiner Jackentasche zog, und balancierte es wieder in das Auge, aus dem es herausgefallen war, bevor er aufstand, mir noch einen Tritt mit seinem gelben Gummistiefel versetzte, über eine Mauer kletterte und verschwand.

Bis zum Mittag lag ich da, am Hang zwischen den Mauern, und hörte das Meer gegen die Steilküste schlagen; jetzt hörte ich es ganz deutlich, anscheinend hatte der Wind gedreht, aber ich konnte nicht weiter. Wenn ich den Fuß bewegte, auf den der Stein herabgesaust war, nur ein wenig die Zehen bewegte, tobte der Schmerz los. Gegen Mittag, endlich, kam ein Junge über den nahe vorbeiführenden Weg, lud mich auf seinen Karren, der von einem Maultier gezogen wurde, und brachte mich zur Straße, wo er ein Auto anhielt, das mich nach Kilronan fuhr, zu einem Arzt, der den Fuß eingipste, aber so nachlässig, daß ein Schaden zurückblieb, eine Schrägstellung des Fußes, die mich von nun an am Reisen hinderte.

Das stimmt doch gar nicht, sagst du. Nein? Aber es stimmt, daß ich ihn anderntags fröhlich abreisen sah und daß er sich nicht mehr wie ein Hüftkranker hin- und herwand, ja, nicht einmal hinkte, sondern leicht ging, mit federnden Schritten, könnte man sagen, jäh sich umdrehte und winkte, wie ich ihm von der Kutsche aus zugewunken hatte, als hätte er gewußt, daß ich hinter der engmaschigen Gardine stand, die vor dem Hotelfenster hing, und ihm nachsah.
Die Frau, das Kind und er, sie gingen auf der gleichen Straßenseite, aber er hinter ihnen und nicht so, wie um sie zu beschützen, sondern von ihnen getrennt. Es war kein Band zwischen ihnen, wenn es ein Band gab, dann zwischen ihm und mir.

Gut, es ist nicht so, daß er mir den Fuß zertrümmert hat, aber nachdem ich ihm wieder begegnet war, wurde mir das Reisen lästig; ich sah mich nicht mehr allein unterwegs, wie ich es zuvor getan hatte, sondern mit Leuten wie ihm.

Natürlich hatte ich vorher gewußt, daß ich nicht der einzige war, der reiste, es hatte ja allgemein ein großes Reisen eingesetzt, jeder fuhr überall hin, dauernd traf man Leute, die gerade aus Hongkong, New York, Rio kamen oder dahin aufbrachen. Und dennoch wollte ich nicht, daß auch die, die zu Wildenburg gehörten, herumreisten. Sie hatten ihren Ort und sollten da bleiben, ich wollte ihnen nicht auch noch woanders begegnen, sie schleppten ihre Enge in die Weite und machten sie damit ebenfalls eng. Nachdem ich Burckhardt wiedererkannt hatte, sah ich mich überall von Wildenburgern umstellt; ich hörte ihren Dialekt, sah, wie sie auftrumpften, wenn sie bloß über eine Straße gingen, jeder Schritt, den sie taten, war Anmaßung, noch wenn sie still in einer Ecke saßen: Anmaßung; und ich ahnte, was sie, nach Haus zurückgekehrt, erzählen würden; der Ort, an den sie zurückkehrten, war der Stammtisch.

Er hat mir nicht den Fuß zertrümmert, aber es läßt sich nicht leugnen, daß die chronische Entzündung über dem rechten Knöchel, die sich sofort meldet, wenn ich längere Strecken zu Fuß gehe, in diesen Tagen auf den Arans zum ersten Mal aufgetreten ist. An dem Morgen, an dem ich zur Fähre ging, um wieder nach Galway überzusetzen, spürte ich einen starken, noch nicht genau lokalisierbaren Schmerz über dem rechten Fuß, der sich danach immer wieder eingestellt hat, immer an der gleichen Stelle. Knochenhautentzündung, sagten die Ärzte, die ich deswegen aufgesucht habe, sie schlossen eine Gummimanschette um das Gelenk, durch die sie Stromstöße schickten, verordneten Salben, rieten, ich solle einen Eisbeutel auf das Gelenk legen, verschrieben Einlagen, die die Schuhe ausweiteten, aber nicht halfen, nichts half. Ich war bei mehreren Ärzten, alle rieten, verordneten, verschrieben das gleiche, aber die Entzündung blieb, eine Fessel hatte sich um den Knöchel gelegt, eine Entzündungsfessel.

Einen Tag später reiste ich auch ab. Ich humpelte zum Hafen, ja, jetzt sehe ich deutlich, wie ich mit dem Seesack, nicht mit dem Koffer, zum Hafen gehumpelt bin. (Also war Anzio vorher, vor den Arans, denn nachdem ich aus Italien zurückgekehrt war, habe ich den Koffer nicht mehr benutzt, oder nur noch einmal.) Ich hatte den Seesack über die Schulter geworfen, ganz mit allen Wassern gewaschener Reisender, nur daß ich nicht kräftig ausschreiten konnte, sondern mich mit dem Fuß, in dem sich der Schmerz eingenistet hatte, gleichsam vorwärtstastete. Im Hafen war der gleiche Trubel wie bei meiner Ankunft: wieder die von der Fähre oder auf die Fähre drängenden Touristen, wieder die Kaufleute, die herumschrien, und zwischen ihnen die alten Männer, die immer kamen, wenn die Fähre anlegte oder abfuhr. Sie kamen morgens zur Fähre, und abends gingen sie in das Pub, wo sie stumm, verlegen an den Wänden saßen, bis sie nach einigen Gläsern Guinness, die ihnen die Touristen spendierten, die alten gälischen Balladen zu singen anfingen. Erst zierten sie sich, aber nach ein paar Gläsern erklärten sie sich einverstanden und baten darum, daß ihnen eine der Frauen im Pub die Hand reiche, sie konnten nur singen, wenn sie die Hand einer Frau hielten, das Singen war eine Art Dienst, den sie ihr leisteten, sie sangen nur für sie. An dem Abend, an dem ich sie beobachtet hatte, waren nur Touristinnen im Pub, es war keine einzige Frau dabeigewesen, die von der Insel stammte. Die alten Männer baten eine nach der anderen, aber alle lehnten ab, weil sie nicht verstanden, daß es sich um ein Ritual handelte und nicht um einen Annäherungsversuch. Die Alten wußten nicht, was sie tun sollten, das Bier wurde ihnen nur spendiert, wenn sie sangen, andererseits konnten sie nicht singen, wenn sie nicht die Hand einer Frau hielten. Sie wanden sich, schließlich, als die Gier nach einem neuen Glas Guinness zu groß geworden war, nahm einer die Hand eines anderen Alten, blickte ihm in die Augen. Der andere sträubte sich erst, dann fand er sich in die Rolle und übertrieb sie aus Scham, flatterte mit den Lidern, spitzte den Mund zum Mündchen, legte geziert den Handrücken auf die Stirn, während der andere mit dünner, zittriger Stimme zu singen begann, diesen endlosen leiernden Gesang, dessen Melodie den immer gleichen Bogen beschrieb, und während die anderen Alten, die auch auf der Bank saßen, ein Stück von den beiden abrückten und unter sich schauten, auf den Boden. So jedenfalls war es an diesem Abend gewesen, an dem ich dem Alten begegnet war, der behauptet hatte, er habe Synge gesehen.

Ich humpelte auf die Fähre, stellte den Seesack ab, und als ich mich über die Reling beugte, sah ich sie wieder: den Sänger, den, der die Frau gespielt hatte, und die anderen; sie standen nicht beieinander, wie sie im Pub nebeneinander gesessen hatten, sondern für sich, jeder hatte seine eigene Stelle, von der aus er zur Fähre hochblickte. Sie hatten die gleichen schwarzen Hosen und Joppen an, die sie im Pub angehabt hatten, und standen bewegungslos da, die Arme vor der Brust verschränkt, wie schwarze Pfähle, die in das Durcheinander von roten, blauen, gelben Anoraks gerammt waren, und als die Fähre drehte, entdeckte ich auch den, der Synge gesehen haben wollte. Er lehnte am äußersten Ende der Pier an einer Mauer, schneuzte sich, verstaute das Taschentuch in der Hose. Als die Fähre an ihm vorbeiglitt, stieß er sich von der Mauer ab und rief etwas herauf, was ich nicht verstand, was keiner auf der Fähre verstehen konnte, weil es vom Stampfen der Maschinen zugedeckt wurde, und zeigte dann, wie im Pub, mit beiden Händen zugleich auf seine Augen, die Zeigefinger wie kleine Spieße abgestreckt, er hackte damit so heftig auf seine Augen ein, daß es aussah, als wollte er sie sich ausstechen. Dann trat er an die Mauer zurück und stopfte die Hände in die Taschen.

Synge hat fünf Theaterstücke geschrieben; bis auf *Deirdre of the Sorrows* sind alle durch Erlebnisse angeregt worden, die er auf den Arans gehabt hat, durch Erlebnisse oder Geschichten, die ihm die Inselleute erzählt haben. Auch *The Playboy of the Western World,* sein bekanntestes Stück geht auf eine Geschichte zurück, die er auf den Inseln gehört hat. Ein alter Mann, der älteste der Inseln, hat ihm von einem Jungen berichtet, der seinen Vater im Jähzorn mit einem Axthieb getötet hat; er ist auf die Inseln geflohen und von den Bewohnern versteckt worden, keine Belohnung, so hoch sie auch sein mochte,

konnte sie dazu bewegen, den Jungen auszuliefern; sie haben ihn vor der Polizei versteckt und ihm später zur Flucht nach Amerika verholfen.
Für das Stück hat Synge die Geschichte abgewandelt. Im Stück, das nicht auf den Arans, sondern in der Grafschaft Mayo angesiedelt ist, ist der Junge ein Aufschneider, der nur behauptet, er habe seinen Vater erschlagen. Die Leute im Dorf, in das er sich geflüchtet hat, verbergen ihn, weil sie davon überzeugt sind, daß keiner eine so gräßliche Bluttat begeht, wenn er nicht gewichtige Gründe dafür hat; er genießt nicht nur ihren Schutz, sondern steht wegen der außerordentlichen Kühnheit, die ein solches Verbrechen erfordert, auch bald in hohem Ansehen bei ihnen. Doch als der Vater auftritt und erklärt, er sei von seinem Sohn, diesem poor good-for-nothing, bei einem ganz gewöhnlichen Streit bloß ein wenig verletzt worden, verstoßen sie den Jungen, und er muß wieder hinaus auf die Straße, von der er gekommen ist. Ich geh jetzt und werde mich durch dieses verrückte Leben lügen, von dieser Stunde an bis zum Jüngsten Gericht, lautet der letzte Satz, den er im Stück sagt.

Nachdem die Fähre angelegt hatte, ging ich zum Bahnhof (der Schmerz über dem rechten Fuß hatte ein wenig nachgelassen), erkundigte mich, wann die Züge nach Dublin abfuhren, schloß den Seesack ins Schließfach und wanderte dann zum Fluß, zum Corrib, der im Norden der Stadt in den Atlantik mündet. Ich hatte den Block in der Tasche stecken, den ich im Frühstücksraum des Hotels in Kilronan liegen gelassen hatte, seit diesem Morgen hatte ich ihn nicht mehr aufgeschlagen. Ich setzte mich auf eine Bank und blätterte darin herum: Hier bist du immer gekleidet wie für vier Jahreszeiten, stand auf der ersten Seite; eine Seite weiter hieß es: In Clifden einen Hut kaufen aus dem guten festen Stoff, der in der Stadt gewebt wird, einen, den man bei Regen aufsetzt, dann im Regen merken, daß nur Fremde Hüte tragen, und ihn schnell in der Tasche verstauen. Über den Corrib, an dem ich saß, hatte ich auf der Herfahrt notiert: Mit ablaufendem Wasser kommen die Schwäne in feierlichem Bogen von der Mündung herauf, mit ablaufendem Wasser kommen die Lachse über das Wehr, kommen die Angler aus der Stadt und wir, die ihnen zuschaun, den einen beim Töten, den anderen beim Sterben, in der Dämmerung dann die Hunde, die die Abfallkörbe plündern. Und wieder eine Seite weiter: Die Bootsfahnen zersplissen, die Fäden flattern wie Menschenhaar, und sofort auf einem Plakat am Lagertor statt *Rabies killt: Babies killt* lesen. Dann: Schneidet einer die Hecke, putzt einer das Auto, will ich gleich rufen *Wie bei uns,* es ist das Bekannte, das sich durch den Kopf quält.

Während ich vom Hafen her das Dröhnen der Kühlaggregate hörte, den Widerhall schwerer Bleche, die aufeinanderprallten, las ich Eintrag für Eintrag, blätterte und las, und fand so den Satz, den ich nicht geschrieben hatte.

Er war nicht mit Bleistift, sondern mit Kuli geschrieben, quer über die letzte Seite. Ich las, und erschrak, denn ich wußte sofort, wer den Satz geschrieben hatte. Einmal erwische ich dich doch, stand da in großen Buchstaben, dahinter ein Ausrufezeichen. Unwillkürlich blickte ich mich um. Es war am späten Nachmittag, die Stunde bevor die Angler kamen, über die Brücke fuhren zwei Radfahrer, ihre gelben Gummijacken leuchteten; am Ufer gegenüber fischte ein Junge mit einer Holzlatte eine Flasche aus dem Wasser, und weiter hinten, zur Bay hin, sah ich, wie Stangen von einem Zirkuswagen geladen wurden; es war ein winziger Wagen, und ich erinnerte mich, daß ich am Bahnhof ein Plakat gesehen hatte, ein Zirkusplakat, auf dem vier Löwenköpfe abgebildet waren.

Seit dem Tag, an dem ich von Tipperary abgefahren war, hatte ich nicht mehr daran gedacht, daß es Anfang Mai war, noch immer, denn die zweite Woche hatte eben erst begonnen, aber nachdem ich den Satz gelesen hatte, die Drohung, die der Junge, den ich gekannt hatte, in den Block geschrieben hatte, fiel es mir wieder ein, und als ich aufstand, spürte ich die gleiche Lähmung wie in den ersten Wochen in Wildenburg, eine Art Taubheit der Sinne, die, nachdem ich eine Weile gegangen war, einem Ziehen wich, das im Nacken begann, sich über den Rücken ausbreitete, die Beine hinablief und in den Zehenspitzen endete.

Es war nicht so, daß mich die Drohung geängstigt hätte, und doch merkte ich, daß ich mich, als ich am Corrib entlanghumpelte, immer wieder umdrehte, wie um sicher zu sein, daß mir niemand folgte. Ich wollte zur Universität. Ein Bekannter, Freund – nenn es, wie du willst – unterrichtete dort, ein kleiner rotbärtiger Germanist, der mir in Oslo begegnet war und gesagt hatte, wenn ich nach Irland käme – du kennst das. Wir hatten ein paar Briefe gewechselt, er hatte seine Einladung wiederholt, aber dann hatte das Briefewechseln aufgehört. Daran, daß er mich eingeladen hatte, ihn zu besuchen, erinnerte ich mich erst, nachdem ich die Drohung gelesen hatte. Plötzlich dachte ich, es sei gut, mit jemandem zu reden. Wenn ich unterwegs war, geschah es leicht, daß ich das Reden verlernte, tage-, manchmal wochenlang sprach ich mit niemandem oder nur mit denen, die am Rand der Reise auftauchten, den Hotelangestellten, Busfahrern, Restaurantkellnern, doch das waren nicht mehr als die wenigen Worte, die zum Auskunfteinholen, Ticketkaufen, Zimmerbesichtigen, Essenbestellen nötig waren.

Dann merkte ich nach einiger Zeit, daß ich wie in einem lautlosen Rausch umherging, in dem die Worte, die Sätze nach innen wuchsen. Wenn ich etwas sagen wollte, mußte ich mich vor jedem Wort räuspern, oder ich sprach so leise, daß ich die Worte wiederholen mußte, weil ich sie unverständlich vor mich hin gemurmelt hatte.

Das Hauptgebäude der Universität war ein schöner, still über dem Fluß gelegener Backsteinbau, der zu Beginn des Jahrhunderts errichtet worden war, daneben gab es neuere, einstöckige Gebäude, die über den Campus verteilt waren. Ich fragte mich zu den Räumen des Germanistischen Instituts durch, doch als ich eben an die Tür klopfen wollte, hinter der das Büro meines Freundes lag, merkte ich, daß ich den Abend lieber allein verbringen würde, und kehrte um. Die ganze Zeit ging mir der Satz durch den Kopf, einmal erwische ich dich doch.

Dieses *doch* war es, was mich verwirrte. Während ich am Corrib entlang zurückging, dachte ich darüber nach, vielleicht war es nur eine sprachliche Ungenauigkeit, aber vielleicht bedeutete es auch etwas. Vielleicht bedeutete es, daß er einen Anschlag auf mich verübt hatte, ohne daß ich es bemerkt hatte. Wenn er versucht hatte, mich zu töten, dachte ich, mußte es vor dem Morgen gewesen sein, an dem ich den Block im Frühstücksraum liegengelassen hatte, danach hatte er keine Gelegenheit mehr gehabt, etwas hineinzuschreiben, es sei denn, ich wäre doch eingeschlafen, als ich mich im Steinlabyrinth unterhalb von Dun Aengus ins Gras gelegt hatte. Dann hätte er mir, ohne daß ich es mitbekam, den Block aus der Tasche ziehen können, aber in dem Fall ergab das *doch* keinen Sinn, dann hätte er mich ja *erwischt,* wie er es ausgedrückt hatte. Dieses *doch* war es, was ich nicht verstand, es war vielleicht schlimmer, als es der Anschlag selbst gewesen wäre, es vergiftete mich. Dauernd dachte ich darüber nach, wo etwas geschehen sein könnte, das wichtig, lebens-, überlebenswichtig für mich gewesen war und das ich dennoch nicht bemerkt hatte.

Ich war unsicher gewesen, ob ich noch am gleichen Tag nach Dublin reisen sollte, aber als ich zum Bahnhof kam, sah ich, daß der letzte Zug eben abgefahren war. Ich nahm mir ein Zimmer am Bahnhofsplatz, stellte den Seesack ab, den ich aus dem Schließfach geholt hatte, und ging in ein Steakhaus, das gegenüber der Munster and Leinster Bank lag, nicht weit von Kenny's Book Shop. Das Haus, in dem die Bank ihre Geschäftsräume hatte, stammte aus der Zeit, in der die reichen spanischen Kauffahrer im Hafen angelegt haben, aus dem 15. Jahrhundert. Es war vielleicht das älteste Haus in der Stadt, aber es war nur die Fassade erhalten, innen war es ausgekernt und für die Bedürfnisse der Bank hergerichtet. Es hieß das Lynch-House, nach dem Richter Lynch, dem es einmal gehört hatte. Er war ein strenger, unbeugsamer Mann gewesen, der die Einhaltung des Gesetzes höher gestellt hatte als das Leben seines Sohnes. Während ich am Fenster saß und auf die Straße hinaussah, erinnerte ich mich an die Geschichte, die von den beiden überliefert war.

Der Sohn des Richters liebte ein Mädchen, und das Mädchen liebte ihn. Doch dann kam ein Fremder, ein Spanier, und das Mädchen wandte sich diesem zu, dem Fremden, der – sagen wir – glitzernd vor sie hintrat, sie mit seinem Fremdsein betörte. Der Sohn des Richters brannte vor Eifersucht, vor verletztem Stolz. Er lockte den Spanier aus der Stadt und tötete ihn. Das Verbrechen wurde aufgedeckt, und der Richter, sein Vater, mußte ihn zur Höchststrafe verurteilen, zum Tode. Das schien ihm, da ein Fremder, der Gastrecht genossen hatte, getötet worden war, das einzige Urteil zu sein, das in Frage kam. Wäre ein anderer, einer aus der Stadt, ein Ire, das Opfer gewesen, hätte er auf eine mildere Strafe erkennen können, so aber nicht. Lynch verurteilte seinen Sohn zum Tode, aber der Scharfrichter weigerte sich, das Urteil zu vollstrecken, und es fand sich auch kein anderer, der bereit gewesen wäre, für ihn einzuspringen, alle in der Stadt hatten Mitleid mit dem Jungen; sie empfanden das Urteil als grausam, mindestens so grausam wie das Verbrechen selbst. An dem Tag, an dem es vollstreckt werden sollte, versammelten sich die Leute von Galway vor dem Haus, und als es Mittag geworden war, sahen sie, wie Lynch und sein Sohn auf den Balkon hinaustraten. Lynch schob ihn vor sich her, legte ihm die Schlinge um den Hals, küßte ihn und stieß ihn über die Brüstung. Der Junge wurde neben dem Fremden, dem Spanier, begraben; was aus dem Mädchen wurde, ist nicht überliefert; von Lynch hieß es, er habe das Haus zu Lebzeiten nicht mehr verlassen.

So jedenfalls stand es in den Büchern, die ich kannte. Während ich auf das Essen wartete, blickte ich zu dem Haus hinüber, vor der Tür, dem Eingang zur Bank, war das Gitter heruntergelassen, vom Balkon wehte eine Fahne. Es war kurz nach neun, als ich zahlte und hinaustrat. Der Schmerz über dem rechten Fußgelenk war wieder stärker geworden. Ich humpelte die Hauptstraße hinunter, über die Brücke, zur Bay hinaus. Die Straße führte ein Stück am Corrib entlang und dann, nach einer Biegung, von ihm weg, weiter nach Salthill, einem Badevorort.

Es war taghell, und nachdem ich eine Weile gegangen war, sah ich den Zirkus, der am Nachmittag aufgebaut worden war, das Zelt gluckte zwischen den Dünen, Musik scholl herüber, dünne, blecherne Musik, die vom Wind herangetragen wurde, und als ich eben die Straße verlassen wollte, um quer über die Wiese zu gehen, die flach, kaum merklich zum Atlantik hin abfiel, fuhr ein Auto an mir vorbei, ein Krankenwagen; er bog auf die Wiese und hielt auf das Zelt zu. Ich ging ihm nach, und als ich beim Zelt angekommen war, sah ich meinen Feind. Er kauerte am Boden, die Arme und Beine eng an den Körper gezogen, und so, in dieser Hockhaltung, die etwas merkwürdig Trotziges hatte, hoben ihn die Männer, die Krankenwagenfahrer, auf die Trage, die sie neben ihm abgestellt hatten, und schoben ihn ins Auto. Seine Frau stand an der Hecktür und redete auf ihn ein, auf ihn, dann auf die Männer, aber keiner antwortete ihr. Sie bat darum, sie mitzunehmen, sie und das Kind, das ein Stück weg stand, im Eingang des Zelts, und mit entsetzten Augen herübersah, aber die Männer taten, als hörten sie nicht, und er, ich sah es, er konnte nicht antworten, seine Lippen waren zusammengepreßt und kalkweiß. Der Wagen fuhr los, und als er an mir vorbeikam, sah ich durch einen Spalt in der Milchglasscheibe, daß er noch immer in dieser zusammengekauerten Haltung auf der Trage hockte, während einer der Männer neben ihm saß und ihn hielt, damit er nicht zur Seite kippte und herunterfiel, mit den Gurten konnte man ihn anscheinend nicht festzurren. Die ganze Zeit war aus dem Zelt ein leises Pfeifen zu hören, das zu dem Spiel einer Violine erklang, es waren zwei Melodien, die eine wurde gepfiffen, die andere gespielt, und beide waren, ohne einander zu berühren, ineinander verschlungen. Ein paar Leute waren herausgekommen, unter ihnen ein kleiner, schwarzgekleideter Mann, der einen Zylinder aufhatte; er beugte sich zu dem Mädchen herab und sprach mit ihm, hob den Zylinder und zeigte auf seine Stirn. Das Mädchen betrachtete sie und sagte etwas, während die Frau dem Wagen nachsah, der langsam über die Wiese rollte, dann auf die Straße bog und schneller wurde. Ich trat heran. Kann ich Ihnen helfen, fragte ich. Sie sah mich an, und ich merkte, daß sie überlegte. Wir haben in Kilronan im gleichen Hotel gewohnt, sagte ich. Sie nickte, ja, jetzt erinnere sie sich. Sie war eine große Frau mit kleinen, nach innen gewachsenen Zähnen, beim Sprechen fuhr sie sich mit der Zunge über die Unterlippe, wie um sie anzufeuchten, ihre Augenlider waren dunkel und hingen schwer herab. Ich weiß nicht einmal, in welche Klinik sie ihn bringen, sagte sie und blickte zu dem Kind hinüber, das sich noch immer mit dem Schwarzgekleideten unterhielt.

Was fehlt ihm, fragte ich, und sie sagte arglos, er habe einen seiner Anfälle, jahrelang seien sie verschwunden gewesen, aber in diesem Hotel auf den Arans seien sie wieder aufgetreten, zum ersten Mal seit vielen Jahren, und nun habe er auch hier, im Zelt, während der Vorstellung einen Anfall bekommen. Was für einen Anfall, fragte ich. Eine Art schmerzhafter Verspannung der Muskeln, gegen die kein Arzt Abhilfe wisse, die den Körper wie unter der Gewalt einer Stahlzwinge zusammenziehe und ihm nicht erlaube, auch nur einen Schritt aufrecht zu gehen. Nur mit Mühe habe er sich aus dem Zelt schleppen können, sie sei ihm gefolgt, und als sie gemerkt habe, daß es schlimmer war als bei allen früheren Anfällen, sei sie nach Salthill hinübergelaufen und habe den Notarzt alarmiert.

Doch nun, sehen Sie, sagte sie und deutete in die Richtung, in die der Wagen verschwunden war, in die Richtung von Galway, dabei wollten wir morgen zurückfahren. Hat er Ihnen erzählt, wer ich bin, fragte ich. Wer Sie sind, fragte sie zurück und rief nach dem Kind, Melanie, rief sie. Melanie kam herangetrottet, widerwillig, wie es schien, und hängte sich an die Hand der Mutter. Wer Sie sind, fragte die Frau noch einmal, kennt er Sie denn? Wir waren auf der gleichen Schule, sagte ich, und sprach den Namen aus: in Wildenburg, wie um zu prüfen, ob ich mich nicht doch getäuscht hätte. Sie widersprach nicht. Ja, sagte sie, das ist lange her, da ist er schon als Kind weggezogen, er wird Sie nicht erkannt haben, entschuldigen Sie. Ich habe ihn ja auch nicht gleich erkannt, sagte ich. Soll ich ihm etwas ausrichten, fragte sie, um gleich selbst zu antworten: Nein, lieber nicht, er wird nicht wollen, daß ein alter Freund ihn so gesehen hat. Ein alter Freund, sagte sie, und ich dachte, daß er ihr wirklich nichts erzählt hatte, daß er ihr nichts von mir erzählt hatte oder daß sie es verstand, sich zu verstellen. Das Kind hörte die ganze Zeit aufmerksam zu, ich merkte, wie es sich unsere Worte einprägte, und als sie sich abwandten, um über die Wiese zur Straße zu gehen, sah ich, daß es sich immer wieder nach mir umdrehte, bis ihm die Mutter befahl, nach vorn zu sehen, auf den Weg.

Die Leute, die der Krankenwagen herausgelockt hatte, waren ins Zelt zurückgegangen, auch der Schwarzgekleidete, der mit dem Mädchen gesprochen hatte. Ich ging weiter, ums Zelt herum (seit das Violinenspiel und Pfeifen verklungen war, war ein leises Scharren und Sirren zu hören, für das ich keine Erklärung hatte) und wanderte zum Wasser hinunter. Inzwischen war es dämmrig geworden, die lange Dämmerung hatte begonnen, und als ich zur Bay kam und hinausblickte, glaubte ich, die Inseln zu sehen, schwarze Tupfer in der See, die ganz ruhig war und glänzte. Ich stand eine Weile da und ging dann zurück, wieder in die Stadt hinein. Aus dem Zelt war jetzt ein Stampfen zu hören (für das ich ebenfalls keine Erklärung hatte), das immer wieder von Applaus unterbrochen wurde, erst Stampfen, dann Applaus.

Ich ging am Zelt vorbei und dachte daran, daß es die zweite Maiwoche war, die Woche, in der der Zirkus auch nach Plothow kam, auf den Wasserturmplatz. Das Zelt wurde genau über der Stelle aufgeschlagen, an der das Gras weggesengt war, überall lagen, wenn der Zirkus in die Stadt kam, noch die verkokelten Fackelstümpfe herum, die das Feuer, das am Abend vorm 1. Mai angezündet wurde, übriggelassen hatte, und der Sand unter dem verbrannten Gras war schwarz.

An dem Morgen, an dem wir hinter dem Handwagen her über die Brücke gegangen sind, habe ich die Stelle gesehen, den schwarzen, versengten Kreis, der kein richtiger Kreis war, nicht wie mit dem Zirkel geschlagen, sondern am Rand ausgebeult, es war die Stelle, an der die Leute, die im Demonstrationszug mitgingen, die Fackeln abwarfen. Gegen Abend, eine Stunde, bevor es dunkel wurde, stellten sie sich vor der Schule auf, die Schule war der Treffpunkt, an dem sie sich sammelten, anfangs brannten die Fackeln noch nicht, sie wurden erst angezündet, wenn es dunkel wurde, vorher wäre es Verschwendung gewesen. Aber sobald es dunkel wurde, flammten überall im Zug die Fackeln auf, flackerten hinter der Marschkapelle her durch die Straßen, und aus anderen Straßen stießen andere Fackelzüge dazu, die sich nicht vor der Schule, sondern vorm Rathaus, vor einem Betrieb oder dem Sitz der LPG aufgestellt hatten und die ebenfalls hinter einer Marschkapelle hermarschierten. Durch alle Straßen führten die Züge, die aus verschiedenen Richtungen kamen, und auf der Chaussee, kurz vor der Brücke, vereinigten sie sich unter dem Getrommel, das schon eine Weile von allen Seiten zu hören gewesen war, zu einem einzigen großen Zug und marschierten über die Brücke zum Wasserturmplatz, nahmen nach Schulzugehörigkeit, Betriebszugehörigkeit Aufstellung, standen in Viererreihen nebeneinander, die Fackeln flackerten, und bevor die Kundgebung zu Ende ging, traten sie (auf ein Signal hin, das wer gab?) vor, jeder einzeln, will ich sagen, aber das kann nicht sein, es waren zu viele, traten vor und warfen die Fackeln ab, bis ein Feuer entstand, das haushoch brannte. Es loderte durch die Nacht, denn inzwischen war es ganz dunkel geworden, und zündete ein Feuer auf den Gesichtern an, so daß ich einen Augenblick lang zu spüren glaubte, was alle auf dem Platz zusammenhielt, ein unendlicher Wille zur Güte, dann verlief es sich, auch auf ein Zeichen hin, auf das Zeichen, daß die Kundgebung zu Ende sei, die Kundgebung löste sich auf, jeder ging in seine Straße. Das Feuer brannte noch, als alle den Platz verließen, und sengte den Kreis ins Gras, färbte den Sand schwarz, und wenn der Zirkus weitergezogen war, der in der zweiten Maiwoche kam, war er wieder verschwunden, weggetrampelt oder von Sägespänen zugedeckt, die, wenn im Juni auch der Rummel auf den Platz kam, in die Erde gestampft wurden; im Juli sah der Platz aus wie immer, wie er das ganze Jahr aussah, Mai und Juni ausgenommen.

An diesem Abend, dem Abend vorm 1. Mai, war ich neben dem Zug hergelaufen, hatte am Feuer gestanden und war dann, als sich die Kundgebung auflöste, über die

Brücke zurückgegangen, durch den Park, das letzte Stück an der Mauer entlang, der Ziegelmauer, hinter der die Gärten lagen, die zu den Häusern in der Chausseestraße gehörten; in jeden Stein war das Zeichen der Ziegelei gebrannt, ein ovaler Kreis, in dessen Mitte der Name *Sobol* stand, ein Name, der mir nichts sagte, nur den Klang kannte ich, das Zeichen, den Schriftzug; ich konnte ihn nicht sehen, weil es dunkel war, aber ich wußte, daß er da war, in jeden Stein eingebrannt. Es war warm, wie immer Anfang Mai, und in der Luft lag der Brandgeruch des Fakkelscheiterhaufens. Ich ging durch den Park und kam auf die Kreuzung, von der aus eine Straße zum Kanal, eine andere zu unserem Haus führte. Eigentlich war es keine Kreuzung, sondern ein Platz, auf dem sich die Straßen trafen, ohne daß sie weitergeführt hätten als bis zum Park, am Park endeten sie, es war ein weiter Flecken, im Rund standen hier und da flache Häuser, aber weit auseinander, und der Platz selbst war ein Grasstück, eine runde Grasfläche, die von den Hühnern, die tagsüber darauf herumliefen, aufgescharrt war; ich trat hinaus, und als ich in der Mitte des Platzes angekommen war, blieb ich stehen, überwältigt vom Glück zu leben, plötzlich war es da, es fiel über mich her, alles roch, schmeckte, war anfühlbar, die Erde trug, als sei sie nichts anderes als ein flaches, ewig gleiches, fest verankertes Stück Ebene, und darüber war ein dunkler, weitgespannter Himmel, in dem die Sterne funkelten, wie es sich gehörte. Ich ging bis zur Mitte des Platzes, und als ich dort angekommen war, legte ich die Hände an einen Strommast (er roch nach Teer, wie von nun an alle Strommasten nach Teer zu riechen hatten), die Drähte über meinem Kopf summten, ich spürte das warme, rissige Holz, das vibrierte, und ich glaubte, daß es das Vibrieren der Welt sei, die ein- und ausatmete, alles schien, plötzlich, in einem wunderbaren, bis dahin nicht gefühlten Zusammenhang zu stehen, der Vertrauen einflößte, so, als könne nie etwas wirklich Schlimmes geschehen, weil es für alles einen Ausgleich gab, derweil aber, während ich da stand, waren die Pakete schon unterwegs, wurden die Koffer schon gepackt, war bis zu dem Tag, an dem wir abreisten, nicht einmal mehr eine Woche Zeit.

Für den Artikel notierte ich mir: Das Land war so flach, daß schon kleine Erhebungen, die anderswo, in Wildenburg beispielsweise, gar nicht wahrgenommen wurden, für Berge galten.

Der Berg, den ich meinte, lag keine dreihundert Schritte von der Chaussee entfernt und war durch die Aufschüttung von Aushubsand entstanden, der beim Bau einer Siedlung angefallen war. Am Ostersonntag, gleich nach dem Mittagessen, zogen die Kinder dorthin und ließen die Eier, die die Eltern im Garten für sie versteckt hatten, die Schräge hinunterkullern; derjenige, dessen Ei am weitesten rollte oder die Schale eines anderen Eis, das mit im Wettbewerb war, anknickte, hatte gewonnen. Er gewann das Ei mit der angebrochenen Schale und durfte es behalten; pellte man die Schale ab, sah man, daß die Eierfarbe durch die Schale gedrungen war und die feuchte Oberfläche des Eis auf eine eklige Weise eingefärbt hatte, bald war der Boden an der Stelle, an der die Eier ausrollten, mit den weißen und farbigen Splittern der Eierschalen bedeckt.

Im Sommer wurde der Berg vergessen. Die Bäume, die

Büsche trieben aus und verdeckten ihn halb mit ihren Zweigen und Blättern, dünnes Gras wuchs aus seiner zur Chaussee hin abfallenden Schräge und ging kaum merklich in das Ödlandgras über, das sich bis hin zur Straße erstreckte, hinter der die Siedlung begann; ein Sandweg führte an ihm vorbei und schlängelte sich bald danach zwischen Kiefern und Birken hindurch; kamen sich zwei auf dem Fahrrad entgegen, mußte einer absteigen, um den anderen vorbeizulassen, oder ein Stück zwischen den Bäumen durch den von Laub und Nadeln tiefen Waldboden fahren. Im Herbst, wenn das Laub abgefallen war, wenn das Gras als flache naßbraune Striemen an ihm klebte und das Ödlandgras bis zur Chaussee hin vom Regen und Novemberwind niedergewalzt war, erwachte der Berg wieder. Wenn ich um diese Zeit in der Dämmerung an ihm vorbeiging, sah ich in den kahlen Büschen die weißen Beeren, die der Wind verschont hatte, wie Katzenaugen leuchten.

Und wenn es dann einen Tag und eine Nacht lang geschneit hatte und der Schnee liegengeblieben war, wurde der Schlitten aus dem Keller geholt, auf den Schnee gesetzt und die Leine, die, grau zerfasert, um den Eisenstab zwischen den Holmen geschlungen war, abgewickelt; wenn ich daran zog, bewegte sich der Schlitten ruckend vorwärts, als hätte er das Gleiten verlernt, und im Schnee sah ich den Rost, den die Kufen übers Jahr angesetzt hatten; von der schmalen Oberkante des Hoftors stäubte der Schnee, die Wollhandschuhe waren noch trocken und die Füße in den hohen Schuhen warm.

Am Mittag ging ich von zu Haus los, und wenn ich zu-

rückkam, war es dunkel, vielleicht schon Abend; die Sterne standen noch nicht am Himmel, aber in allen Hauseingängen, an denen ich vorbeikam, lauerten die Schatten. Die Hände in den Wollhandschuhen starrten vor Kälte und Nässe, so daß ich die Schlittenleine unter den Arm geklemmt hielt, weil ich sie nicht mehr mit den Fingern pakken konnte; zu Haus mußte die Mutter die Schuhriemen, an denen kleine Eisbröckchen hingen, aufknüpfen, weil mir die Finger wie Spieße vom Handteller abstanden; in den Ohren pochte das Blut.
Nachts im Bett, zwischen Schlafen und Wachen, hörte ich das Krachen der ineinanderfahrenden Schlitten und das Echo der Kinderrufe, das wie ein Vogelschwarm um den Berg flog. Am Morgen, nach dem Aufwachen, war es dunkel vorm Fenster, aber wenn die Mutter den Vorhang zurückzog, sah ich an den Ästen der Bäume im Garten den Schnee kleben, der in der Nacht lautlos gefallen war; weiß zeichneten sie sich vor dem dunklen Himmel ab, so daß es doch schon ein wenig hell draußen war, aber es war keine Helligkeit, die vom Himmel, sondern eine, die von der Erde kam und auf den Himmel abfärbte.

Im Winter roch es im Keller nach den Äpfeln auf den Stellagen, nach den Äpfeln, die der Vater bei jedem Gang in den Keller umdrehte und auf Druckstellen untersuchte. Im Winter roch es in der Wohnung nach Bratäpfeln, die in der Luke des Kachelofens gegart wurden. Im Winter wurde ein Stein ins Bett gelegt, der in der Luke des Kachelofens angewärmt und in Zeitungspapier geschlagen wurde. Im Winter wuchsen Eisblumen an den Fenstern, und die Mutter streute Asche aus dem Aschekasten auf den Gehweg; Wolldecken wurden vors Fenster gehängt, damit es nicht durch die Ritzen zog, und um die Pumpe in der Waschküche wurden Säcke gewickelt, unter die Stroh gestopft wurde; Eiszapfen hingen von den niedrigen Dächern, die, wenn man sie abbrach und daran lutschte, nach Eisen schmeckten. Die Misthaufen auf den Bauernhöfen waren zu Eisblöcken gefroren, aus denen gelbe Halme ragten; es dampfte aus den Ställen, schwarz stand die Jauche in den Rinnen, scharf stach der Gestank aus den Futtersilos in die Nase. Bis zum Mittag waren die Holzzäune mit pelzigem Rauhreif überzogen, an dem, wenn man ihn mit dem Handschuh streifte, Wollfasern hängenblieben. Trat man auf eine gefrorene Pfütze, krachte es unterm Schuh, weil sich zwischen Eisschicht und Erde ein Hohlraum gebildet hatte. Vom Fenster meines Zimmers aus sah ich in den zugewehten Furchen des Ackers, der hinterm Garten begann, die Krähen sitzen. Im Sommer wurden die Fenster ausgehängt und die mit Fliegengaze bespannten Rahmen eingesetzt. Im Sommer waren die Straßen von den niederstürzenden Gewitterregen, die die Gullis nicht faßten, überschwemmt; das Wasser stand einen halben Meter hoch im Keller und mußte mit Eimern wieder herausgeschöpft werden. Im Sommer geschah es, daß sich die Straßen in Kanäle verwandelten und die Kinder durchs warme braune Wasser stapften, das ihnen bis über die Knie reichte, während die Erwachsenen mit hochgekrempelten Hosenbeinen im Keller standen und die Einweckgläser mit den Früchten vom Vorjahr und dem eingekochten Fleisch auf die Kellertreppe stellten. Im

Sommer wurde die Tischtennisplatte im Hof aufgeschlagen, und die Mutter schickte mich in die HO, wo es Eis zu kaufen gab, das mit einer blitzenden Zange, die eine offene Halbkugel am Ende hatte, in die Thermosflasche gefüllt wurde. Im Sommer wurden im Konsum Wassermelonen verkauft, die aus der Tiefe der großen Sowjetunion ihren Weg in den kleinen Laden gefunden hatten; sauer roch es aus den leeren Gurkenfässern im Hof.
Im Sommer trieb der Wein, der sich an Spalieren die Hauswand hochrankte, lange Fäden und gab zum Herbst hin fingernagelgroße Trauben, die nicht richtig reif wurden. Wenn ich über die abgeernteten Felder ging, spürte ich durch die Sandalensohlen die spitzigen Getreidestoppel, und wenn ich danach zu Wieks in die Tenne trat, in der gerade gedroschen wurde, war ich schnell mit feinem weißem Staub bedeckt, der die Poren verstopfte und rötliche Pusteln aus der Haut wachsen ließ.
Herbst war die Zeit, in der die Pilze auf einen Faden gezogen und zum Trocknen ins Fenster gehängt wurden. Im Herbst waren die Hände braun von den Schalen der Walnüsse. Während ich in den Ästen des Baums herumkletterte, stand der Vater in der schwarzen matschigen Erde des Hühnerhofs, die lange Stange mit dem Köcher in der Hand, in den ich die Nüsse pflückte. Herbst war die Dunkelzeit, in der man noch nach Sonnenuntergang draußen bleiben durfte, in der die Luft nach dem Rauch der Kartoffelfeuer schmeckte, der übers Land herübergeweht kam. Herbst war die Versteckspielzeit, in der es geschehen konnte, daß man im Schutz der Dunkelheit ein so sicheres Versteck fand, daß einen die anderen, obwohl man die

Hand nach ihnen ausstrecken konnte, nicht sahen; Herbst war die Zeit, in der man ungefunden in seinem Versteck zurückblieb, während die Freunde, sich leise darüber unterhaltend, daß man wohl schon zu Haus sei, nahe an einem vorbeigingen.

In Plothow kam ich, wenn ich zu den Großeltern ging, am Haus eines Schneiders vorbei, der wie der Schneider Böck mit angewinkelten Beinen auf dem Tisch saß und nähte.

Die Gardinen waren zurückgezogen, und ich sah, wie er sich über die Näharbeit beugte, den Arm abstreckte, an den Körper zog, wieder abstreckte. Manchmal blieb ich vor dem Fenster stehen und beobachtete, wie er die immer gleichen Bewegungen ausführte. Ich sah nur den Arm, der durch die Luft flog, nicht aber die Nadel und den Faden und oft auch nicht den Stoff, in den er die Nadel stach, weil er die Knie, auf denen der Stoff lag, mal höher, mal tiefer hielt. Ich wußte, daß er der Schneider war, und dachte, daß es die Aufgabe des Schneiders sei, am Fenster zu sitzen und den Arm durch die Luft fliegen zu lassen. Sein Haus stand schon an dem Wegstück, das nicht mehr gepflastert war, an dem Sandweg zur Kirche, in deren Turmluken die Käuze hockten. Es war das erste Haus an diesem Weg, und das letzte war das mit dem Brettertor, hinter dem der Hof lag, in den man die kranken Fahrräder stellte. Es war nämlich so, daß die Fahrräder krank wurden, daß sich die Speichen lockerten, die Kette riß, das Vorderrad sich zur Acht bog; dann mußten sie in den Hof gebracht werden, in dem sich ein alter Mann, ein kleiner, der eine Schirmmütze trug, unter der sein Gesicht kaum zu erkennen war, ihrer annahm und sie heilte. Wenn ich das gesunde Rad wieder durchs Tor schob, aufstieg und losfuhr, atmete ich den Geruch des Flieders ein, der am Zaun wuchs und sich bald überall, von allen Seiten, aus allen Gärten, an denen ich vorbeikam, über die Zäune drängte. Jedenfalls war es an diesem Tag so, dem Tag vor der Abreise. Ich klinkte das Hoftor auf, trat ein und sah mein Rad; es lehnte neben der offenen Tür zur Werkstatt, aus der es nach Öl und Eisen roch, die Kette lag, dunkel glänzend, über den Zahnrädern auf, die Bruchstelle war wieder zusammengewachsen. Der Alte hatte das Hoftor gehört und kam heraus. Wat sollet n kosten? Kannsten andertma machen. Nee, ick soll gleich zahln, hat meine Mutter jesacht. Jott, wat ne Eile. Er seufzte, schlurfte über den Hof, schlüpfte vor der Tür aus den Holzpantinen und ging auf Socken ins Haus, um das Wechselgeld zu holen, das er in einem blauen Stoffsack aufbewahrte. Das war, nachdem ich aus der Schule nach Haus gekommen war, am Nachmittag also, nach dem Mittagessen und den Schulaufgaben, ich habe auch am letzten Tag noch Schulaufgaben gemacht.

Aber am Morgen brauchte ich sie nicht vorzuzeigen, ich brauchte sie überhaupt nicht mehr vorzuzeigen, denn am nächsten Morgen in der Frühe, lange bevor es Zeit gewesen wäre, in die Schule zu gehen, gingen wir los, hinter dem Handwagen her, den der Großvater zog, durch den Park, über die Kanalbrücke, zum Bahnhof. Wir hoben die Koffer herunter, stellten sie nahe an den Zaun, damit sie nicht auffielen, und nachdem alles getan war, blieb nichts, als zu warten, auf den Zug zu warten, der uns wegbringen würde. Wir waren noch da, aber um uns war schon die Beklemmung der gleich Getrennten, denen nichts mehr einfiel, außer auf die Schuhspitzen zu gucken, Steinchen wegzutreten, leise zu pfeifen. Müssen ja nicht rumstehn wie die Trauerweiden, sagte der Großvater, und als wir, du und ich, in Berlin vorm Hotel standen und auf das Taxi warteten, das du bestellt hattest, hörte ich mich das Gleiche sagen, den gleichen Satz, und als du mich ansahst, mit diesen ein wenig zusammengekniffenen Augen, die du manchmal bekamst, wenn du über etwas nachdachtest, wußte ich, daß du den Satz wiedererkannt hattest, denn ich hatte dir auf der Fahrt von dem Tag erzählt, der an diesem Tag auf den Tag genau achtundzwanzig Jahre zurücklag. Es war der gleiche Satz (ich merkte es sofort), nur daß der Großvater noch hinzugefügt hatte: Laß uns ma Wiedersehn sajen, glotzen ja schon die Leute. Das verkniff ich mir, als ich deinen Blick sah.

Nichts erzählt hast du, sagtest du später am Telefon, nachdem ich schon zurückgefahren war, während du in der Halbstadt geblieben warst, nur diese verdammte Geschichte, die mich in Atem gehalten hat und die eigentlich gar keine ist, sondern die pure Erpressung. Selten hättest du jemanden so Maulfaules, Gelassenes gesehen wie mich an diesem Tag. Nichts erzählt hast du, die ganze Fahrt über, riefst du noch einmal, nur diese Geschichte, mit der du mich in Panik versetzt hast. Natürlich habest du nicht geglaubt, daß ich springe, und dennoch habest du, bis der

Zug durch den Bahnhof gewesen sei, durch den Bahnhof von Plothow, gezittert. Wärst du aufgestanden, als der Zug durch den Bahnhof fuhr, riefst du, hättest du nur den Fenstergriff berührt, ich hätte die Notbremse gezogen. Und die ganze Zeit über habest du gedacht: Wie ist das möglich? Er erzählt die Geschichte mir, und noch immer, nach all den Jahren, die wir zusammengelebt haben, spiele ich darin die Rolle des *Fremden*, während der verlassene Ort das *Nahe* geblieben ist. Denn das habest du schon gemerkt, daß die Geschichte nur so tat, als sei sie an eine erfundene Figur gerichtet, während sie doch tatsächlich für dich bestimmt gewesen sei, die darin enthaltene Drohung habe dir gegolten.

Keine Drohung, antwortete ich, es war eine Geschichte, nicht mehr, und sie ist mir im gleichen Augenblick eingefallen, in dem ich sie dir erzählt habe, aber ich hätte sie für mich behalten sollen, das kann sein. Und nachdem wir aufgelegt hatten, dachte ich, daß du recht gehabt hattest. Ich hatte dir nicht drohen wollen, aber die Geschichte hatte mir sofort eingeleuchtet, sie war der Ausweg, über den ich so lange nachgedacht hatte, die Lösung. Oder habe ich das erst später gedacht, nachdem wir in Berlin angekommen waren?

Auf der Fahrt hatte ich nichts gemerkt, aber gleich nachdem wir aus dem Zug gestiegen waren, noch auf dem Bahnhof, diesem Trauerspiel von Bahnhof, an dem seit Jahren herumgebaut wurde, ohne daß er jemals fertig würde, auf dem es nach Pisse und Reinigungsmitteln stank wie auf keinem anderen Bahnhof und von dem dennoch die Züge nach Warschau und Paris abfuhren – gleich nachdem wir angekommen waren, merkte ich, daß etwas nicht stimmte, denn du blicktest kaum auf, als wir die Stufen hinabgingen, sagtest kein Wort, als wir unter das Vordach hinaustraten, stiegst widerspruchslos ins Taxi, obwohl du gegen das Taxifahren warst, wenn wir ebensogut einen Bus nehmen konnten, und Busse, die in der Nähe des Hotels vorbeifuhren, gab es ja genug, sie hielten alle vorm Bahnhof, ich merkte, daß du zu ihnen hinübersahst, aber du schwiegst eisern, wie du auch auf der Fahrt geschwiegen hattest. Ich war es nicht allein, der kaum gesprochen hatte, auch du hattest dich aufs Schreiben verlegt, du schriebst in dieses kleine blaue Heft.

Es war kurz nach sechs, der Hardenbergplatz war in ein blasses, fast weißes Licht getaucht, und es war warm, viel wärmer als in F., auch das wäre dir sonst ein Wort wert gewesen. Es war das Wetter, das wir uns gewünscht hatten, um durch die Stadt zu streifen, in die Museen zu gehen, zur Pfaueninsel hinauszufahren. Nachdem ich so lange in der Stadt gewohnt hatte, kam ich als Tourist zurück, zum ersten Mal mit dir zusammen, obwohl auch du in der Stadt gewohnt hattest, du kanntest sie ebenso gut wie ich, aber wir waren nie zusammen da gewesen. Beide hatten wir dort gelebt (freilich ohne uns zu kennen), waren weggezogen, hatten sie eine Weile gemieden, und jeder war dann, wenn er etwas dort zu tun hatte, hingefahren, aber nur um gleich zurückzukommen. Jetzt wollten wir uns Zeit lassen, herumgehen, Freunde treffen. Das war etwas anderes. Sobald die Sendung vorbei wäre, wollten wir als Touristen in der Stadt herumgehen. Der Taxifahrer kur-

belte die Scheibe herunter und redete auf uns ein, aber du blicktest auf deiner Seite zum Fenster hinaus, unerbittlich schweigend, bis wir ins Hotel kamen.
Und dann? Kannst du mir den Sender einstellen. Das war, außer ja und nein, alles, was du gesagt hast, bevor ich losfuhr.

Ich mußte ja gleich los, die Sendung begann kurz nach acht, nach den Nachrichten, und um halb acht wollten wir uns im Büro des Redakteurs treffen, also hatte ich gerade genug Zeit, um mir die Hände zu waschen, den Koffer auszupacken, die Hemden in den Schrank zu hängen. Ich trug die Koffer, deinen und meinen, die Treppe hoch, du bliebst immer einen Schritt zurück, es war, als müßte ich dich ziehen; erst als ich vor unserem Zimmer stehenblieb, tratest du vor, um die Tür aufzuschließen, denn du hattest den Schlüssel. Du hast die Tür aufgeschlossen und mich eintreten lassen. Ich habe die Koffer aufs Bett geworfen, und als ich mich umdrehte, sah ich, daß du noch immer draußen gestanden hast, du hast auf dem Korridor gestanden und von außen nach innen geguckt. Was ist, habe ich gefragt. Erst da bist du hereingekommen.
Das Radio stand auf der Ablage überm Bett, ein kleiner weißer Kasten. Während ich den Koffer aufklappte, hast du es angeschaltet. Kannst du mir den Sender einstellen? Das war der eine Satz, und der andere, der mir erst jetzt wieder einfällt: Ich bin dann unten im Restaurant. Das war der andere Satz, den du gesagt hast, als ich losgehen wollte, und als ich zurückkam, sah ich dich hinter der Glasfront sitzen, allein an dem kleinen Tisch, neben dem Weinglas

lag das blaue Heft, in dem du dir während der Fahrt Notizen gemacht hattest. Es war geschlossen, der Stift, den ich dir gegeben hatte, steckte zwischen den Seiten. Als du mich bemerktest, zogst du ihn heraus und legtest die Hand über das Heft. Jetzt weiß ich, was darin steht, während ich es an diesem Abend, an dem ich zu dir an den Tisch trat, noch nicht gewußt habe.

Wir waren zu fünft im Studio, auch wenn du sagst, du habest nur vier gehört. Der fünfte war Herbst, du konntest ihn nicht hören, weil er kein Wort gesagt hat, während der ganzen anderthalb Stunden nicht, die die Sendung dauerte. Schon bei der Vorbesprechung, die im Büro des Redakteurs stattfand, sagte er nichts, oder höchstens: Kindheit, Kindheit! Er zerkaute das Wort, das der Redakteur zum Thema des Abends erhoben hatte, und spie es aus. Als wir im Studio waren, saß er mit uns um den runden Tisch, beugte sich zum Mikrophon vor, hörte aufmerksam zu, aber sobald die Reihe an ihn kam, etwas zu sagen, setzte er sich zurück, preßte die Lippen aufeinander und schüttelte den Kopf. Ich sah, wie der Redakteur, ein junger, freundlicher Mann mit buschigen Augenbrauen, bleich wurde. Er hatte ihn als den Ältesten in der Runde vorgestellt, als jemanden, der sozusagen aus großem Abstand, während wir anderen, eine Studentin, ein Kinderarzt, er und ich, alle jünger, nach dem Krieg geboren – aber Herbst wollte nicht, schüttelte den Kopf.
Nachdem die Mikrophone abgeschaltet waren, traten wir auf den Gang hinaus, und plötzlich – ich weiß nicht, wo die anderen geblieben sind – war ich mit ihm allein. Du

kennst ihn übrigens, es ist der hagere alte Mann, der beim Gehen die Füße nach innen stellt, wir sind ihm in F. auf der Straße begegnet (obwohl er nicht in F. wohnt, sondern in Berlin), haben ein paar Worte gewechselt, und nachdem er weitergegangen war, hast du gefragt, wer er sei. Historiker, emeritiert. Jetzt trotteten wir in dem funzligen Licht, von dem die Funkhäuser nachts erhellt sind, nebeneinander her. Ich wollte ihn fragen, warum er sich die Mühe gemacht habe, ins Studio zu kommen, wenn er doch offensichtlich entschlossen gewesen sei, kein Wort zu sagen, aber dann wagte ich es nicht. Es ist merkwürdig, aber ich wagte es nicht. Wir gingen an den geschlossenen Bürotüren vorbei, jeder für sich in Gedanken, und plötzlich fragte er, ob ich seinen Sohn gekannt habe. Nein, sagte ich.

Wir waren am Paternoster angekommen, ich wollte einsteigen, aber er faßte mich am Arm und sagte: Lassen Sie uns lieber den Aufzug nehmen. Also gingen wir weiter, weiter diesen Gang entlang, der sich rund um den Innenhof mit den Studios zog, bogen bald links, bald rechts ab, fanden den Aufzug aber nicht, es war, als sei er entfernt worden (eskamotiert, sagte Herbst), um uns ewig durch die Gänge irren zu lassen; schließlich sahen wir eine Tür, eine Glastür, und stiegen über eine Seitentreppe zur Eingangshalle hinunter, schweigend, denn er hatte sich wieder in sich zurückgezogen, und als wir unten angekommen waren, überlegte ich, wie ich ihn loswerden könne, denn plötzlich war mit eingefallen, daß du im Hotel auf mich wartest. Aber nachdem wir auf die Straße getreten waren, ins Freie, folgte er mir, ging neben mir her zum Taxistand,

immer die Füße, tipptapp, nach innen und mit hängenden Schultern, und als ich einstieg, stieg er ebenfalls ein, als sei es so abgemacht gewesen, drängte sich neben mich, legte die Hände, große behaarte Pranken, auf die Knie und sagte, während das Taxi losfuhr: Ja, ich dachte, Sie wären ihm vielleicht begegnet.
Wem?
Meinem Sohn, in den letzten Jahren hat er nämlich auf den Arans gewohnt, nicht auf Inishmore, da, wo Sie waren, sondern auf Inishmaan, und ich dachte, Sie könnten ihm begegnet sein, denn er hat Sie beschrieben.
Wie, fragte ich.
Ja, und er erzählte, daß er nach dem Tod seines Sohns auf Inishmaan war, um die Hinterlassenschaft zu ordnen, das, was von seinem Sohn übriggeblieben war, und daß er unter seinen Papieren meinen Artikel über Inishmore gefunden habe; an den Rand sei ein Zettel geheftet gewesen, auf dem sein Sohn beschrieben habe, wie ich abends in einen Pub gekommen sei, mich vor einen der alten Lügner hingehockt und seinen Märchen über Synge gelauscht habe. (Das seien seine Worte gewesen, die Worte seines Sohns, alte Lügner und Märchen.) Warum er glaube, daß ich gemeint sei und nicht ein anderer, ein anderer Tourist? Nun, er habe meinen Namen, der über dem Artikel stand, angekreuzt, das Kreuz auf dem Zettel wiederholt, den Namen des Pubs und das Datum des Tages hinzugesetzt, an dem er mich gesehen habe, neunter Mai.
Er schwieg, rieb sich mit den flachen Händen über die Knie, und als ich fragte, woran sein Sohn gestorben sei, sagte er: Ertrunken. Er sei ertrunken, als er von Inishmore

nach Inishmaan schwimmen wollte, von der einen Insel zu der anderen, nachts natürlich, als keiner da war, der ihn davon abhalten konnte. Er sei nachts aus dem Pub gekommen, dem gleichen vermutlich, den ich im Artikel erwähnt habe, sei bis zum Ende der Insel gelaufen, das Inishmaan gegenüberliege, habe seine Schuhe ausgezogen, sie nebeneinander gestellt, ordentlich Hacke an Hacke, und sei ins Wasser gestiegen. Ob er auf den Arans beerdigt sei? Ach, er sei ja nicht gefunden worden, nur seine Schuhe.
Inzwischen fuhr das Taxi die Kantstraße hinunter, an all den Häusern vorbei, die ich kannte. Was sein Sohn auf den Arans gemacht habe? Nichts, nichts Richtiges, er war ein Spintisierer und Luftschiffer, das müsse er, der Vater, zugeben. Als wir am Savignyplatz ankamen, beugte er sich vor, legte dem Fahrer die Hand auf die Schulter und bat ihn anzuhalten. Er stieg aus, und bevor er die Tür zuschlug, beugte er sich noch einmal herab, in den Wagen hinein, und sagte: Aber vielleicht ist er gar nicht ins Wasser gestiegen, hat er nur seine Schuhe da abgestellt, damit wir glauben, er sei ertrunken, während er in Wirklichkeit irgendwo weiterlebt, irgendwo anders. Natürlich, sagte ich, das ist gut möglich. Er nickte, richtete sich auf, schlug mit der flachen Hand aufs Autodach und ging dann, mit seinen beim Gehen merkwürdig nach innen gestellten Füßen, über die Straße.

Siehst du, davon wollte ich dir erzählen, als ich zurückkam, von der Begegnung mit Herbst. Aber als ich dich hinter der Glasfront sitzen sah, in dem schummrigen Restaurantlicht, fiel mir ein, daß wir als Feinde auseinander-

gegangen waren, auch wenn die Feindschaft nicht offen ausgesprochen war.
Nein, nicht als Feinde, sagtest du später am Telefon, überhaupt nicht, es war bloß so, daß ich mich entschlossen hatte, in Berlin zu bleiben.
Ich trat ins Hotel, dann durch die Schwingür, die von der Halle ins Restaurant führte, und merkte sofort, daß du mich schon gesehen hattest, du wußtest, daß ich komme, obwohl ich später kam, als ausgemacht war, Herbst hatte mich aufgehalten, du sahst mir entgegen, legtest die Hand über das blaue Heft, das neben dem Weinglas auf dem Tisch lag, und sagtest gleich, nachdem ich mich gesetzt hatte, du kämst nicht mit zurück nach F., auf keinen Fall, sondern bliebest hier, in dieser Stadt, vorläufig jedenfalls, und dieses *vorläufig* klang wie: lange Zeit, immer.
Das kann doch nicht sein, sagte ich. Doch, sagtest du, schobst das Heft über den Tisch, hier, und winktest nach dem Kellner. Was steht darin, fragte ich. Lies selbst, du kannst es behalten. Aber ich dachte nicht daran, etwas zu lesen, was du mir erzählen konntest. Du winktest wieder, riefst, aber der Kellner kam nicht, er ließ sich Zeit, er schwirrte an unserem Tisch vorbei, nickte und rannte dann zu anderen Tischen, in die Küche, an die Bar, und so mußtest du, da du es nicht ertrugst, nur so herumzusitzen, denn ich sagte auch nichts, starrte nur auf dieses verdammte blaue Heft und dachte, daß ich es nicht anrühren, geschweige denn aufschlagen und auch nur einen einzigen Satz darin lesen würde – so mußtest du doch noch etwas sagen.
Nachdem du in den Sender gefahren warst, sagtest du,

habe ich ein Bad genommen und danach das Radio eingeschaltet, um zu hören, was ihr über eure Kindheit zu erzählen habt, ihr Kindheitsexperten, was du zu erzählen hast, denn vielleicht, dachte ich, würde das meine Entscheidung rückgängig machen. Welche Entscheidung? Die Entscheidung, die du auf der Fahrt getroffen habest, weil du hofftest, alles besser verstehen zu können, wenn ich es nicht nur dir, sondern vielen erzählte, aber ich hätte von etwas ganz anderem gesprochen, nicht vom Fluchttag, nicht von den Tagen, die ihm gefolgt sind, und da habest du gedacht: vielleicht gibt es gar nichts zu erzählen, sondern ist alles, diese ganze nicht endende Geschichte, nur ein Vorwand, um seinen Egoismus zu bemänteln, oder seine Lebensuntüchtigkeit. Könnte doch sein, sagtest du und sahst an mir vorbei, hinaus auf die Straße. Wie auch immer, du habest deinen Koffer erst gar nicht ausgepackt, er stünde schon an der Rezeption, denn du würdest nicht im Hotel bleiben, sondern zu Freunden ziehen, du habest sie schon angerufen, die erste Zeit würdest du bei ihnen wohnen, dann weitersehen. Schließlich kam der Kellner, du zahltest und batest ihn, ein Taxi zu bestellen. Nimm das Heft, sagtest du. Nein, sagte ich. Gut, dann bleibt es liegen. Und als du aufgestanden bist und zur Tür gingst, habe ich es doch eingesteckt, ich schob es in die Tasche und dachte, daß ich es ja nicht zu lesen brauche.

Wir gingen in die Halle, und plötzlich fehlte dir etwas, meine Jacke, sagtest du, ich habe meine Jacke im Zimmer hängen lassen, ob ich sie dir holen könne. Gut, sagte ich, auch das, sprang die Treppe hoch, und als ich mit der Jacke zurückkam, hast du schon auf der Straße gestanden, neben dem Koffer. Von innen, von den Tischen hinter der Fensterreihe, starrten die Leute heraus, die Tische standen eng aneinander, zwischendurch, als du lauter geworden warst, hatten die Leute an den Nebentischen begonnen, dir zuzuhören, und als wir hinausgegangen waren, hatten sie uns nachgeschaut. Alle, dachte ich, alle wußten, was geschah, als wir da standen und auf das Taxi warteten, sie beugten sich vor und starrten zu uns heraus, und das war der Augenblick, in dem ich sagte: Nu laß uns ma Wiedersehn sagen, und noch während ich es sagte, sah ich, wie sich deine Augen zusammenzogen, aber es war zu spät, ich konnte den Satz nicht zurückholen, der mir wie ein Echo durch den Kopf geflogen war.

Nachdem das Taxi abgefahren war, lief ich los, nur weg hier, weg von diesem Hotel, von dieser Meute, die mit ihren Augen nach mir tastete, dachte ich, das Heft brannte wie ein Todesurteil in meiner Tasche, ein paarmal zog ich es hervor, steckte es aber gleich wieder zurück, ohne es aufzuschlagen, ich schlug es erst am nächsten Tag auf, im Flugzeug, denn ich flog zurück, nicht noch einmal diese Strecke, hatte ich gedacht. Eine Weile rannte ich kreuz und quer durch die Straßen, schließlich stieg ich in einen Bus, der vorbeikam, und als ich mich gesetzt hatte, sah ich, daß es der gleiche Bus war, den ich früher oft benutzt hatte, er fuhr nahe an meiner alten Wohnung vorbei. An der Tegeler Brücke stieg ich aus, und nachdem ich über die Spree gegangen war, konnte ich der Versuchung nicht widerstehen, in die Uferstraße einzubiegen, um einen Blick auf das Haus zu werfen.

Manchmal morgens war ich von dem Signalhorn eines Kahns geweckt worden, war noch eine Weile mit geschlossenen Augen liegen geblieben und hatte mich in die Flußlandschaft von Plothow zurückversetzt gefühlt. Die Spreebiegung, an der das Haus lag, war zu eng, um von zwei Kähnen gleichzeitig passiert werden zu können; wenn sie sich dieser Stelle näherten, ließen sie ein langgezogenes Warnsignal ertönen, das in meinen Ohren freilich ganz anders widerklang; ich glaubte einen dunklen, lockenden Nebenton mitzuhören, der das Signal in sein Gegenteil verkehrte, und dachte deshalb, daß an dem Tag, an dem auch die Schiffsführer ihn hörten, ein Unglück auf dem Fluß geschehen müsse; wenn sie die Sirene hörten wie ich, würden sie gar nicht anders können als aufeinanderzuzusteuern. Ich hatte das Unglück nicht herbeigewünscht, aber damit gerechnet, daß es eintreten könne.
Im letzten halben Jahr, als schon feststand, daß ich nach F. ziehen würde, hatte ich mit einer jungen Frau zusammen gewohnt, die die Wohnung übernehmen sollte. Sie kam aus einer süddeutschen Kleinstadt und hatte bei unserem ersten Gespräch gesagt, sie werde nie wieder dahin zurückkehren, denn alles dort sei ihr verhaßt, die Straßen, die Leute, die Sprache. Sie hieß Ulla, sie rief manchmal an oder schrieb, und einmal hatte sie geschrieben, daß sie auf der gleichen Strecke, die Vera und ich an diesem Tag gefahren waren, zwischen Helmstedt und Berlin, eine Fehlgeburt erlitten habe, aber sie hatte es nicht so geschrieben, sondern merkwürdig verklausuliert: Der Mond hing die ganze Nacht am Himmel, ich habe für viele Leute gearbeitet, aber mein Kind wurde mir genommen, meine Reisen

töteten es. Der Brief war zum Jahreswechsel gekommen und hatte mit den Worten geendet: Die besten Wünsche für das neue Jahr.

In den Monaten, in denen wir Zimmer an Zimmer wohnten, hatte sie alle Augenblicke etwas Neues angefangen. Sie war Bibliothekarin, ließ sich von der Kunst- in die Handschriftenabteilung, dann in die Abteilung für neuere Literatur versetzen, um schließlich zu kündigen und sich an der Uni für Hebräisch einzuschreiben. Und wie sie ihre Tätigkeiten wechselte, wechselte sie ihre Freunde; es schien, als verliebte sie sich in jeden Mann, den sie traf; erst später, als ich schon weggezogen war, merkte ich, daß dies ihre Art war, sich an die Stadt zu binden, die ihr zu unübersichtlich, zu abweisend war.

Sie stürzte sich auf die Männer, um bei ihnen Halt zu finden und damit auch einen Halt in der Stadt, an der sie abzugleiten drohte. Sie wollte nicht dahin zurück, woher sie kam, und konnte nicht bleiben, ohne daß sie jemand an die Hand nahm. Jedesmal, wenn sie wieder enttäuscht worden war, setzte sie sich in den Zug, fuhr in ihre süddeutsche Kleinstadt und kehrte, nachdem sie um ein paar Ecken gestreift war, nach Berlin zurück.

Nachdem ich ihren Brief gelesen hatte, rief ich sie an, ich wollte wissen, was diese geheimnisvollen Worte bedeuteten, aber nachdem ich ihre Nummer gewählt hatte, die meine alte Nummer war, denn sie hatte auch das Telefon übernommen, schaltete sich die Postansage ein: Dieser Anschluß sei zur Zeit nicht erreichbar. Und später erzählte mir jemand, Ulla sei, wieder auf der Flucht vor einer Enttäuschung, zurückgefahren, hätte sich in ihrer

Kleinstadt eine Nacht lang auf dem Bahnhof herumgetrieben, auf der Rückfahrt seien die Blutungen eingetreten, und sie hätte das Kind verloren, im Zug, auf der Zugtoilette. Ein Monat später, und es hätte leben können, denn es war schon ein richtiges Kind, ein Junge, nachdem es aus ihr herausgefallen war, habe sie gesehen, daß es ein Junge war.

Daran erinnerte ich mich, als ich über die Uferstraße ging. Es war dunkel, aus irgendeinem Grund brannten die Laternen nicht, nur von der Brücke her fiel ein wenig Licht auf den Fluß. Als ich vor dem Haus angelangt war, in dem wir gewohnt hatten, blieb ich stehen und blickte zu den Fenstern hinauf, da hörte ich, wie von innen der Schlüssel in die Haustür gesteckt wurde, und gleich danach trat Ulla heraus. Ich erkannte sie sofort, denn zusammen mit dem Licht im Treppenhaus hatte sich die Lampe über dem Eingang eingeschaltet, und sie mußte stehenbleiben, um die Tür abzuschließen, sie hatte ein Steckschloß, in dem sich der Schlüssel verhakte, und sie brauchte eine Weile, bis sie ihn freibekam. Sie war nicht allein, zusammen mit ihr war eine junge Frau aus dem Haus getreten. Nachdem Ulla den Schlüssel abgezogen hatte, faßten sich die beiden unter, kamen über die Straße, traten ein Stück weiter auf den Bürgersteig und schlenderten, sich leise unterhaltend, den Weg hinunter, in die gleiche Richtung, aus der ich gekommen war. Ich folgte ihnen, so nah, daß ich ihre Stimmen hören konnte, wenn ich auch nicht verstand, was sie sagten, und ging dann, als ich sah, daß sie auf die Brücke bogen, am Fluß entlang weiter. Vom Wasser her wehte ein kühler, dumpfer Geruch heran, es war der Geruch des Kanals, und ich dachte, während ich auf dem schmalen Uferweg ging, daß Plothow nicht weit sei, keine Zugstunde entfernt. Ich blickte auf die Uhr und sah, daß es noch immer dieser Tag war, noch nicht Mitternacht, und am nächsten Morgen flog ich zurück. Das sei besser, dachte ich, als in der Stadt zu bleiben und auf Veras Anruf zu warten.

Die Maschine war voll besetzt. Ich bekam nur einen Platz, weil jemand zurückgetreten war, es war ein Platz in der vorletzten Reihe am Fenster. Ich setzte mich, und nachdem die Maschine gestartet war, zog ich das Heft hervor, das noch immer in der Jacke steckte, schlug es auf und sah Veras runde, schwer entzifferbare Schrift, in der jeder Buchstabe auch etwas anderes bedeuten konnte, durch das Geruckel im Zug war sie noch unleserlicher geworden. Ich forschte die Seiten nach Erklärungen durch, aber ich fand keine, keine, die über das, was sie im Restaurant gesagt hatte, hinausging, die Hälfte der Seiten war mit Schreibversuchen gefüllt, Ansätzen, Skizzen, auch Landschaftskizzen; nur eine Passage, die sich in diesem kleinen Heft über zwei Seiten erstreckte, fiel heraus.
Dieses Rückwärtsgucken, dieses Nichtdrüberwegkommenwollen, entzifferte ich. Und: Verreiste ich an diesem Tag, wohlgemerkt siebenundzwanzig, achtundzwanzig Jahre danach, versuchte er, mich zurückzuhalten, aus Furcht, ich fände nicht heim. Sah mich in anderen Kleidern, in anderen Betten. Oder wie ich im umgestürzten Auto eingeschlossen war, das brannte. Blieb ich aber an seiner Seite, ertrug er es auch nicht, rannte jeden Augen-

blick in den Flur, griff zur Jacke, hängte sie wieder an den Haken. Und schloß mich gleichzeitig aus von diesem Tag, und damit auch von den anderen, denn er färbte auf alle ab, auf jeden anderen im Jahr, auf jeden fiel ein bißchen Unglück. Neigte dazu, sich abzukapseln, fremd zu tun, der Nebendirmensch. Was ich sagte, drehte er rückwärts. Wußte: so verlier ich ihn, wie vor mir andere, an eine Chimäre, der er den Namen seiner Geburtsstadt gegeben hat, an eine Verbitterung, die grundlos ist, an den Maulwurf, den er Erinnerung nennt. Ich hob den Spaten, um ihm den Kopf abzuschlagen, aber er tauchte blitzschnell weg, grub neue Gänge, warf Erde auf, lugte blind im Kreis. Was, meinst du, frage ich ihn, ist in einer Welt voller Flucht besonderes an deiner Geschichte? Und er antwortet: Daß es meine ist.

Und daß die Tage übereinanderliegen, der erste und der zweite, ein Jahr danach, und der in Anzio und der in Tipperary und der, an dem sie sich diese Sätze notiert hat, von jetzt an gehört er auch in diese Reihe, schrieb ich auf die gegenüberliegende Seite, die sie frei gelassen hatte, sie hatte nur die rechten Seiten vollgeschrieben, während die linken frei geblieben waren.

Es war ein klarer Tag, die Maschine flog niedrig, viel niedriger als ich es in Erinnerung gehabt hatte, so daß ich die Flüsse, die Seen, die Straßen, die wie mit dem Lineal gezogenen Striche der Bahnlinien, die Städte und Dörfer sehen konnte, und wieder dachte ich, wie weit das Land sei, wie großflächig die Felder, je nach dem, was auf ihnen angebaut wurde, schimmerten sie in verschiedenen Grün- und Gelbtönen.

Wer hat gesagt, daß er nachts, ohne Licht im Zimmer zu machen, schreiben kann, weil das Papier aus sich heraus leuchtet? So war es auch mit den Gegenständen, die mit über die Grenze gekommen waren. Sie leuchteten nicht, aber wenn der Tag heranrückte, fand ich sie auch im Dunkeln. Natürlich war das meiste inzwischen verloren, aber es war noch genug da: die Servietten und die Serviettenringe, die Sammeltassen, das silberne Obstbesteck, der schwere Kristallaschenbecher und hinten im Schrank die Laken und Handtücher, in die die Mutter ihr Monogramm gestickt hat, das Monogramm ihres Mädchennamens. Bei jedem Umzug hatte ich die Sachen weggeben wollen, aber jetzt wußte ich, daß es richtig gewesen war, sie zu behalten, denn sie gehörten auf keine Müllkippe, in keinen Trödelladen, sondern woandershin, ganz woanders. In den kleinen Koffer gehörten sie, in den Lederkoffer mit dem Riß an der Seite. Und wohin gehörte der Koffer? In die Stadt gehörte er, aus der er vor achtundzwanzig Jahren weggetragen worden war. Einmal, dachte ich im Flugzeug, einmal werde ich alles, was in den Schränken nicht zur Ruhe kommt, hineinpacken und noch einmal diese Strecke fahren.

Warum jetzt, nach so vielen Jahren, werden sie bei der Vernehmung fragen, und ich werde keine vernünftige Antwort wissen. Weil es näher kommt, je weiter es zurückliegt, Herr Leutnant, könnte ich sagen. Und warum der Koffer? Damit ich nicht selbst durchs Fenster muß. Man wird den Zug deshalb nicht anhalten, aber man wird vom Bahnhof aus die Leitstelle anrufen, die den Zugführer alarmieren wird, der wiederum die Begleiter der Zoll- oder Grenztruppe über den Vorfall in Kenntnis setzt. Ich werde ihre Schritte auf dem Gang hören, werde hören, wie sie nacheinander die Abteiltüren aufreißen und mit dieser Höflichkeit, die wie ein Fußtritt ist, sagen: Bitte identifizieren Sie Ihr Gepäck! Und wenn sie in mein Abteil kommen, werde ich sagen, daß ich kein Gepäck habe, weil ich den Koffer, mit dem ich losgefahren bin, in Plothow aus dem Fenster geworfen habe.

So könnte es sein, und dann nie mehr davon reden, weil alles Wichtige nicht erzählt werden kann, weshalb es für alle nicht erzählbaren Geschichten eine andere gibt, eine zweitwichtige.

Diese Spaziergänge am späten Nachmittag, am frühen Abend, die sich immer mehr zu kleinen Wanderungen ausweiteten, mich von Mal zu Mal weiter hinaustrieben, haben nach meiner Rückkehr aus Berlin begonnen. Immer stärker wurde mein Wunsch, weiterzugehen, ohne umzukehren, nicht an diesem Tag und nicht an einem anderen, sondern alles, was sich angesammelt hatte, zurückzulassen, die Möbel, die Papiere, die in die Ordner geschlossenen Briefe, so wie Vera es getan hatte, als sie in Berlin geblieben war, aber dann kehrte ich doch jedesmal um, von einer merkwürdigen Treue besessen, die gleichzeitig ein Treuebruch war. Meistens ging ich gegen fünf, sechs los, wenn ich die Leute in der Nachbarschaft nach Haus kommen sah, von der Arbeit, von ihren Erledigungen in der Stadt, kaum sah ich, wie sie aus dem Auto stiegen, ins

Haus gingen, schon merkte ich, wie es mich hinauszog, es war wie ein Zwang. Auch an diesem Tag war es so, an dem Tag, an dem Götz anrief. Ich war am späten Nachmittag losgegangen, und als ich am Abend zurückkam, hörte ich das Telefon klingeln, schon auf der Straße, lief hinein, nahm den Hörer ab und hörte seine Stimme. Kannst du mich abholen, fragte er.

Götz war in Chile, Argentinien und Peru gewesen und hatte dann nach Nicaragua fliegen wollen, aber in Lima hatte er es sich anders überlegt und war zurückgekommen. Einmal waren wir zusammen in Bolivien gewesen, um über eine Umsiedlungsaktion der Regierung zu berichten. Tausende von Indios, die im Hochland der Anden lebten, auf einem dreitausend Meter hoch gelegenen Plateau, auf dem die Luft kalt, glasklar und trocken war, wurden zusammengetrieben und auf offenen Militärlastwagen in das feuchte, sumpfige, von Mücken durchschwirrte Urwaldgebiet des Chapare gebracht, in dem viele, vielleicht die meisten, schon im ersten Jahr vor Heimweh starben, vor Heimweh oder an Krankheiten, die sie vorher nicht gekannt hatten. Es war ein Experiment gewesen, das von vielen Leuten beobachtet wurde, von Politikern und Wissenschaftlern, Ethnologen und Medizinern vor allem. Wir kamen erst dazu, als sich schon zeigte, daß das Experiment gescheitert war, aber das gab keiner zu, oder zumindest damals noch nicht. Wir übernachteten in Villa Tunari, einem kleinen Ort am Rand des Chapare. Während ich mit Durchfall und Schüttelfrost im Zimmer lag, saß Götz im Innenhof des Hotels, einer aus Brettern zusammengenagelten Baracke, und trank mit den Regierungsbeamten, die die Aktion überwachten, Bier aus Literflaschen und einen aus Trauben gebrannten Schnaps, der Singani hieß. Er wollte, daß sie ihm die Erlaubnis gaben, in den Indiocamps zu fotografieren, er blieb die ganze Nacht mit ihnen sitzen, gab eine Runde nach der anderen aus, und am Ende verweigerten sie ihm die Erlaubnis doch. Er schlief keine Stunde in dieser Nacht, und als wir am Morgen weiterfuhren, war er es, der das Gepäck zum Wagen schleppte, sich wie selbstverständlich ans Steuer setzte. Er war robuster als alle, die ich kannte. An dem Tag aber, an dem ich ihn vom Flughafen abholte, war er so schwach, daß er mich bat, seine Tasche zu nehmen, als wir zum Auto gingen.

Auf der Fahrt erzählte er, daß er schon in Santiago, seiner ersten Station, krank geworden sei; auf der Straße, unterwegs zu einer Verabredung, sei ihm schwindlig geworden, er habe umkehren müssen und, wieder im Hotel, habe er das Fieber gespürt. Das Fieber, das Schwindelgefühl hätten ihn die ganze Reise über nicht mehr verlassen.
Während wir über die Autobahn fuhren, blickte ich zu ihm hinüber. Bevor er eingestiegen war, hatte er die Jacke ausgezogen und auf den Rücksitz geworfen. Ein Knopf an seinem Hemd war abgerissen, der dritte Knopf von oben, beim Reden tastete er immer wieder zu dieser Stelle, schob den Finger unter die Knopfleiste und ließ ihn unterm Hemd auf- und abgleiten.
Ich stellte das Auto ab, und wir gingen ins Haus. Willst du deine Post sehen, fragte ich.

Er wollte immer seine Post sehen, wenn er zurückkam, das war das erste, als erstes riß er die Briefe auf, er blieb oft monatelang verschwunden, in dieser Zeit interessierte es ihn nicht im geringsten, was zu Hause vorging, aber wenn er zurückkam, wollte er als erstes sehen, wer ihm geschrieben hatte. Er setzte sich mit dem Packen, der sich angesammelt hatte, in den Wintergarten und las. Die Briefe, die wichtig aussahen, hatte ich schon geöffnet und auf einen Extrastapel gelegt. Ich dachte, ich würde ihm seine Post zeigen und ihm danach von dem Artikel erzählen, den ich unter seinem Namen geschrieben hatte, es würde ihn aufheitern. Ich gab ihm die Stapel, nach seinem Anruf hatte ich sie nebeneinander auf den Schreibtisch gelegt, aber er blickte nur kurz auf die Absender und legte die Briefe dann auf den Tisch zurück. Ist das alles, fragte er, kein Telegramm? Und am Abend, als wir im Wintergarten saßen, erzählte er, daß er gehofft habe, ein Telegramm vorzufinden, ein Telegramm der Frau, die er in Santiago treffen wollte. Sie waren im Restaurant Torres in der Alameda verabredet gewesen, aber unterwegs war ihm schlecht geworden, und er hatte umkehren müssen. Sie kannten sich seit elf Jahren und trafen sich immer im gleichen Restaurant, um danach in sein Hotel zu gehen. Sie war die Frau eines hohen Beamten im Finanzministerium; er hatte vier Adressen von ihr, aber wenn er ihr schrieb, um sich mit ihr zu verabreden, schickte er die Briefe an ein Postfach, darum hatte sie ihn gebeten. Da er sie nicht anrufen konnte, ohne sie zu gefährden, ließ er sich, nachdem er sich ein wenig erholt hatte, nacheinander zu den vier Adressen fahren, er hoffte, sie zufällig aus dem Haus treten zu sehen, und wachte tagelang, eigentlich die ganze Zeit, die er in Santiago bleiben konnte, abwechselnd vor diesen vier Häusern, die alle hinter hohen Mauern lagen, bis er merkte, daß keine der Adressen stimmte. Entweder hatte sie ihm falsche Adressen genannt, oder sie lebte nicht mehr in der Stadt. Für alle Fälle hatte er ihr seine Adresse gegeben, das heißt: meine. Aber es war kein Telegramm angekommen.

Er schlief in dem Zimmer, das früher Veras Arbeitszimmer war. Sie hatte ihre Möbel nicht abgeholt, so daß sich kaum etwas darin verändert hatte, nur die Bücher, um die sie bat, hatte ich ihr nach Berlin geschickt, in den Regalen klafften jetzt große Lücken. In der Nacht wachte ich davon auf, daß ich jemanden herumgehen hörte, und stand auf. Im Bad brannte Licht, die Tür war nur angelehnt, ich schob sie auf und sah Götz vorm Spiegel stehen. Er schnitt sich den Bart ab, den dichten Bart, mit dem er wie ein peruanischer Priester aussah, er trug diesen Bart, solange ich ihn kannte. Entschuldige, wenn ich dich geweckt habe, sagte er, aber ich habe eine Schere gesucht. Die Haare fielen in dicken Flocken ins Waschbecken. Mach das nicht, sagte ich. Aber er hörte nicht auf mich, setzte die Schere an und schnitt weiter; es war die Papierschere, die auf meinem Schreibtisch gelegen hatte, sie war so lang, daß ich glaubte, er würde sich damit verletzen, aber er hielt die Spitze vom Gesicht weg und blickte jedesmal, bevor er die Griffe zusammendrückte, in den Spiegel. Nachdem ich ihm eine Weile zugesehen hatte, nahm ich mein Rasierzeug aus dem Regal, stellte es auf den Waschbeckenrand und ging hinaus.

Am nächsten Morgen brachte ich ihn zum Bahnhof. Seine Stirn, die Nase, die Stellen unter den Augen waren dunkel, ledern, faltig, während die untere Gesichtshälfte und der Hals kalkweiß und glatt waren, um seinen Mund lag ein weicher verlegener Zug, der mir vorher nicht aufgefallen war; plötzlich konnte ich mir vorstellen, wie er als Kind ausgesehen hatte. Er saß zurückgelehnt im Sitz und hatte die Hand wieder unter das Hemd gelegt. Am Abend hatte ich ihm von dem Artikel erzählt, ich hatte geglaubt, er würde darüber lachen, aber er hatte nur abgewunken, so müde ist er, hatte ich gedacht, und nachdem wir auf die Autobahn gebogen waren, fing ich noch einmal davon an. Der Artikel, sagte ich, natürlich werde ich das aufklären. Aber er winkte wieder ab. Nein, sagte er, laß es so. Vorm Bahnhof stieg er aus. Ich sah ihm nach, wie er zwischen den anderen Reisenden hindurch in die Halle ging, die kleine Ledertasche schlenkerte in seiner linken Hand.

Nachbemerkung

Als der Roman zum ersten Mal erschien, 1990, hieß er *Flucht*. Damals war klar, dass damit nur die Flucht von Ost nach West gemeint sein konnte. Flucht war immer die Flucht aus der DDR in die Bundesrepublik. Das hat sich geändert. Heute, da so viele Menschen auf der Flucht vor Verfolgung und Kriegen, vor religiösem Fanatismus, Hungersnöten und Klimakatastrophen sind, ist der Titel falsch. Er suggeriert einen Zusammenhang, in dem der Roman nicht steht. Deshalb bin ich zu dem Titel zurückgekehrt, den die Geschichte für mich immer hatte: *Ballade vom Tag, der nicht vorüber ist*.

G. L.

Gert Loschütz

Besichtigung eines Unglücks

Roman

336 Seiten. Gebunden

ISBN 978-3-89561-157-5

Im Dezember 1939 kommt es vor dem Bahnhof von Genthin zum schwersten Zugunglück, das sich jemals auf deutschem Boden ereignet hat. Zwei Züge prallen aufeinander, zahlreiche Menschen sterben. In einem davon sitzt Carla, die schwer verletzt überlebt. Verlobt ist sie mit Richard, einem Juden aus Neuss, aber nicht er ist ihr Begleiter, sondern der Italiener Giuseppe Buonomo, der durch den Aufprall ums Leben kommt. Das Ladenmädchen Lisa vom Kaufhaus Magnus erhält den Auftrag, der Verletzten, die bei dem Unglück alles verloren hat, Kleidung zu bringen. Aber da gibt Carla sich bereits als Frau Buonomo aus. Was versucht sie zu verbergen? Von diesem mysteriösen Vorfall erfährt viele Jahre später Lisas Sohn Thomas Vandersee, dem die Mutter zugleich ihre eigene Liebes- und Unglücksgeschichte erzählt. Kann er Carlas Geheimnis ergründen? Hängt es womöglich mit seiner eigenen Familie zusammen?

Ausgezeichnet mit dem Wilhelm Raabe-Literaturpreis 2021

Nominiert für den Deutschen Buchpreis 2021

»Wie von außen betrachtet Loschütz seine Figuren und das Geschehen. Im Weitwinkel: 70 Jahre. Mit Zoom: vier Sekunden. Der Ton schwankt zwischen Protokoll und poetischer Präzision.«
Markus Clauer, *Die ZEIT*

»Kein deutschsprachiger Autor beherrscht den modianohaft melancholischen Ton des Vergangenheitsinspekteurs so gut wie der 1946 in Genthin geborene Schriftsteller.«
Katharina Teutsch, *Frankfurter Allgemeine Zeitung*

Gert Loschütz
Ein schönes Paar
Roman
240 Seiten. Gebunden.
ISBN 978-3-89561-156-8

Beim Ausräumen seines Elternhauses stößt der Fotograf Philipp auf einen Gegenstand, der in der Geschichte seiner Eltern eine entscheidende Rolle gespielt hat. Die beiden, Herta und Georg, waren ein schönes Paar. Philipp erinnert sich an ihr junges Liebesglück, ihre Hoffnungen und Gefährdungen, an die überstürzte Flucht seines Vaters aus der DDR in den Westen. Das hätte, da ihm die Mutter und der Junge ein paar Tage später folgten, der Beginn eines erfüllten Lebens sein können, tatsächlich aber trug die Flucht den Keim des Unglücks in sich. Nach und nach geht Philipp das Paradoxe der elterlichen Beziehung auf: Dass es die Liebe war, die ihre Liebe zerstörte. Damit aber ist die Geschichte, die auch sein Leben überschattet hat, nicht vorbei. Am Ende stellt er fest, dass Herta und Georg all die Jahre über miteinander verbunden waren, auf eine Weise, die sie niemandem, nicht einmal sich selbst, eingestehen konnten.

Nominiert für den Deutschen Buchpreis 2018

Nominiert für den Wilhelm Raabe-Literaturpreis 2018

»Ein eindrücklicher, sorgsam komponierter und ausgestalteter Roman über die Liebe in den Zeiten der deutschen Teilung.«
Gundula Ludwig, NZZ *Bücher am Sonntag*

»Dieses Buch ist so spannend, dass man es höchst ungern aus der Hand legt, bevor man nicht auf der letzten Seite angelangt ist.«
Antje Liebsch, *Brigitte Woman*

Schöffling & Co.

Gert Loschütz

Auf der Birnbaumwiese

Mit farbigen Zeichnungen von Philip Waechter

80 Seiten. Gebunden.

ISBN 978-3-89561-155-1

Die Hexen Luzi, Heta und Vera beobachten zwei kleine Jungen, Brüder, die sich mit ihren Steckenpferden auf die Birnbaumwiese verirren. Während der eine weiterreitet, gerät der andere in ein seltsames Spiel. Er muss, wie die Helden im Märchen, eine Aufgabe erfüllen und dem Schnitzer am Rand der Wiese einen Birnbaumast bringen. Der Schnitzer macht daraus kleine Pferde und haucht ihnen Leben ein. In der Geschichte vergeht nur eine Nacht, und doch scheinen Jahre vergangen zu sein, als sich die Brüder wiedersehen.
Eine Geschichte über Trennung und Wiederfinden, über Naturschönes und Kunstschönes – eine zart-rhythmische Traumfabel. Dass der Autor hochgelobter Romane wie *Besichtigung eines Unglücks* und *Ein schönes Paar* nichts von der Kunst der großen Clowns verlernt hat, zeigt *Auf der Birnbaumwiese* – ein Wunderwerk voller Witz und Fantasie für Erwachsene und Kinder.

»Loschütz und Waechter haben ein Buch geschaffen, das permanent mit Gegensätzen spielt: Phantasie und Realität, Kindsein und Erwachsensein, Gruseln und Komik. Ein kleines Kunststück.«
Silja von Rauchhaupt, *Frankfurter Allgemeine Zeitung*

»Loschütz' Buch für Kinder und Erwachsene steckt voll Anspielungen auf alte Geschichten. Doch die Jungs und die Birnbaumwiesentiergemeinde kommen aus dem Heute.«
Cornelia Geissler, *Berliner Zeitung*

Schöffling & Co.